长寿碑

草树诗集

华东师范大学出版社

华东师范大学出版社六点分社 **策划**

目录

第一辑　柔身术之歌

第二辑　老凤凰

第三辑 在罗城仫佬族自治县看守所

第四辑 长寿碑

第一辑　柔身术之歌

月亮岛之春

去了月亮岛我才知道
这么多年一路走
到了同伴日益稀疏的河湾，
一大片杨树林：枯瘦而浩瀚，
叶子落尽，露出鸟巢。

春风梳着草尖。
微信传递春天内外的动静。
当最后一层雪的锁链坠落林间，
水光闪烁。自由有了新演义。
群鸟鸣叫。低地草肥。蓄水池倒影轻盈。
牛粪和鸟巢
仿佛开启了世界两个维度。

柴油船驶过江心。对岸高楼
不如新拱出的竹笋从容。
鹭鸶拍翅，气象胜过“双飞”。
草茎或枯藤的挽留，是脚踝的礼遇。
孤独依然却可仰卧于青草地
看三两垂钓者坐成另一种生活的坐标。
在月亮岛，漫步，喊叫
或和孩子一起迎风跳高，
大地深处的泵，贯通了每一条血管。
枝条黑枯，绿意潜伏。

一个激情的加油站。

一场恢弘的检阅仪式：站上河堤，
你就是那个喊“同志们好”的人。

2013—2—20

春节变奏曲

一只幸存的老母鸡咯咯的寂静：
新雪，还没有覆盖空地上的血迹，
牛栏空了。猪圈散尽了热气，
池鱼被尽数捞走。

——偶然去后院，仿佛置身
大屠杀后的废墟，远处是灯光
和烟花的盛典。但这不是
即将重新命名的城池的解放。

半夜你依稀听见母亲
在厨房里喊。梦境持续至拂晓。
孩子的呼吸。窗帘的垂直。
起伏的鞭炮声拧亮新春的芽孢。

一个词来了：从古老习俗的丛林
由我们接续它的脚印：心敞开，
门槛消失。坚冰融化，沟坎上空
掠过轻盈的脚，宛如鸟翅。

养牲的袅娜开启神灵之门。
法官和囚犯的铁栅拆除了片刻。
细雪描绘大地如同人性得到一次
修复：雪地上一片碎红。

2012—2—16

水母

如今我站在语言的窗口眺望，
久了，也期待沉寂的门铃响起。
现实和语言之间耸立的山坳
需要有人从那边过来。
薄暮下走过一个孩子，扯着
母亲的衣襟。曾经叫嚣的马叶刀
再次刺眼。无妨：抽离仇恨，
仇人回到人。合伙人不再合伙
难道再没有共同话题？
是否商议一次开发露珠、蛛网或鸟巢。
或许邻里之间一次小坐不经意
透露了时代精神，对于语言
它不过是雾霾，客厅地板
一地 PM2.5 的微粒，但总要
好过操控语言：轴承冒烟
敷以黄油，热气或烟
立刻混淆了诗歌的定义。
当来了个真正谈论时代的人，
讨论建筑，却无关乎建设，
筹划建设，却无关乎建筑。
词语偏离本身，像灵魂
离开了肉体。唯发黄的家信言辞
确凿，酸楚酿成了蜜。
而情书零散，丝带失了光泽。
还能向谁寄信？去火焰的邮政所
向虚无寄大包、汇纸钱？

人世的大海如此奇妙：
水母在两只接近的手上传递，
如花绽放，却让身体发痒，
淋漓的美含有多么罕见的毒。

边界

一只金鱼游弋。水中央的转身
整个肚腹鳞光金黄，耀眼一闪。
碰到玻璃壁，它并不停留。

我也很少停留：那透明的四边形
一瞬间给了我长期的生活
不能给予的给予，不自主走到窗口，站定：
正是惊蛰前后，天边划过闪电，
随即是雷鸣

滚过静静的、灯火闪烁的城市。

2013—3—26

疼痛

疼痛。并不哭喊，
只是牙关里
有一些风声。

门发出吱吱的响声，
声音不大，却坚决。
死神不肯罢手。

我知道，如果有长发，
你一定会双手抓紧
大力撕拉。

那算是你和死亡拔河
或是对剧痛
做有力的平衡。

可你头发落尽，
经络凸起的手，只能
一再地抓扯虚空。

趁还能站立，行走
你偷偷逃出医院——你要
再看一眼老家的屋檐。

久久站在暮晚的街口，
最后的晚眺：你家门前的竹竿

扛着浑圆的落日

孩子们的衣服在摇摆，
明亮的色彩和形态
缓解了天空一块铅云的淤霾。

2007—5
2013—3—26 修改

坛子

它有着人所不知的神奇
像一个隐士,坐在卧房的床脚。
坛边的水槽满着
透着陶瓷黄铜色的釉光。

不是斯蒂文斯的坛子:虚构,高居于
田纳西的田园之上。
这里爱和生活相互交融,
豆角与萝卜暗里相守,
勤换清水,抵御侵蚀,
但腌肉的美味,只存在于贫乏之中。
当我怀想攸县的扶贫时光:
那里的农民走进里屋,揭开坛盖
水滴着——坛子打翻了。突然的打翻
打乱了事物的秩序。
水四处流窜。女主人披头散发坐在地上
而门外,丈夫的衣服被我扯成口袋。

当坛边水永远枯竭,一切喧嚣
又归于寂静,它怆然而成
一个纯然的器物。

2013—3—20

致杰克·吉尔伯特

你去年十一月动身前往天堂
看来是灵魂的一个假象。匹兹堡的冬雪
依然留有你的足迹，
还在等街车。拒绝天堂，四处漫游，
从意大利到希腊。此刻你在巴黎的枝形吊灯下
跳舞，还是在京都的庭院卧看樱花？
哪儿也没去，始终在语言的溪流边垂钓。
可不，昨夜港兰街的夜市摊
一个女诗人又举荐了你。
路灯下长沙微凉，榆树的萌芽
出现在激情流逝的黑暗中：
那些不为人注意的、默默的树枝。
一首诗，够了。你没有死，正像一个孩子
敲打着中国的门环——
从不绕道，直接进入当代生活的正门。
这不单是一种风格。

2013—3—19

封面

从弗吉尼亚回来，接风席上
你内心谦恭，举止文雅，脸上浮着皱纹。
通城酒店包厢暖烘烘。外面是冬雨。
一本书，封面有些发皱。
一锅粥的热烈经过了长夜的冷却。
翻皮后的脊背呈现怎样的松弛？
松土掩着春种还是白烬覆盖着炭火？
——不是按摩小姐离去而是历经沧桑以后。

只呈现光彩一面。
收起了坏灯泡和碎片。我们是
相互的"记住"和不约而同的"想起"，
精神向记忆索取片段，仿佛径直
从书架上取书。当激情的画面出现
你说是啊，我说可不。
当然记得西直门外北冰洋汽水的露珠，
齿间飞出瓶盖，白沫流进胸口。
最高的秩序建立在最混乱的书堆之上。
一支钢笔掉向下铺再没有下落。
没有女人我们有快乐的生活：
二锅头，胖头鱼，围棋和桥牌。
许多名字忘记了，仍记得一首诗
《孤独的牛仔包》，它的作者。
石凳上空的葡萄架枝叶颤动，
他坐右边：青春痘暗红。假日荫浓。

从复兴门的惊魂到新奥尔良的飓风
从一个唯物主义者到摩门教徒
从波涛激昂到平风息浪，一切尽在
一册薄薄的诗集。稍稍翻动，有鸟鸣，
有之前未料及的严厉。

2013—3—21

柔身术之歌

1

一锅猪油黄铜般透亮。
激烈的嗤嗤声之后，是平静。一夜之间
凝固成白。一片白，如无风的雪天。
母亲在煎油的时候眼睛一动不动
盯着油锅，偶尔用套袖抹一下垂落的刘海。
那时她的腰肢多么灵敏。
妻子一边开车，一边说，我真的——
真的什么？像对我说，又像喃喃自语
她开始像母亲一样絮叨的征兆？
节奏如此之快，很少停留一会。

向远离油锅的鸟儿学习吧，它们在树上
保持着警惕、自在和柔身术的秘密。

2

悲痛经历了煎油的全过程。
少些悲痛，让人间少些不幸。死亡
不可避免，如一场暴雨总有一天会来临
但让它荡涤我们的心而不是凝固。

风中，抖落雨水的树叶又开始摇曳。
经过河畔的垂柳或坡上的松林。
新绿扶疏，松涛隐约。客厅里响起

斯特拉文斯基的音乐。我相信你
从台阶上的地衣悟得奥秘：潮润、平静，
从虚无的流水摄取了养分。

3

爱情酿蜜，使心柔软。越来越柔软。
终究需要一个罐子。
三月去梵净山，停车铜仁郊区摘草莓，
我发觉另一种美妙的形式：大棚
一个蜂箱竖在绿畴之上。寂静里呈现
蜂鸣之美。我们收获结果，依然能够感觉
花粉的传递，阳光的呵护。分垂于浓绿之畔，
嫣红，如红唇之吻。那对浙江夫妇

教给了我们另一种柔身术。

4

铁墩上发出的咚咚声有着
不可名状的情境：来回翻动的铁块
不断迎来铁锤。敲打。将成为你想的形状：
是审讯室里一个人最终的崩溃，
还是挺住，挺住就意味着一切？
无论正义还是邪恶，你们
放低那锤子。轻轻敲打吧，像打造银饰
或催紧水桶的箍。柔软，正是因为柔软
而成其所是。在罗城。看守所的荒凉里
一个人一直牙齿坚硬，咯咯作响，
当女儿的一封信到来，他哭了，眼泪

像孩子撒尿般，无所顾忌。

5

“悲伤无处不在。杀戮无处不在。”
不平无处不在：那隆起的石头
磕破了脚趾。你弯下腰去。忍耐。
然后是命运带来了淡漠。
它是源于结痂以后的伤口？
那个女人拖着行李箱离开了婚姻，
脸上不再有往日的温情。
经历了竹竿的驱赶或鸟铳的瞄准，
麻雀，退到更深的树丛或
更高的电线上：电线上有虚无的乐园？
大地干涸，河床枯竭。挖吧，必有涌泉
在某个深度：荡漾，如绸缎。

6

越过阳台上的铁艺，将目光投向
那升降机下的妇女：她正弯腰
不时把粘在汗水里的头发甩向脑后。
在城市的地下过道停留一会儿，
那儿歌声和琴声交织着饥渴。
冬天，草木枯黄。一个母亲枯黄
蹒跚在去看守所的路上。聂树斌的母亲。
更远的北方，寒冷的白桦林，
长长的队列中的母亲，诗歌的月亮：
阿赫玛托娃。时间的硬化剂
并非不可消解。语言煎着苦难

和悲痛，熬成了良药。

7

柔身不如柔心。身体终将老去。
把头反向放下、从两腿间伸出
或像一个胎儿卷曲木桶中。超越了常规
获得了掌声。但是姑娘，记住
要不了几个秋天，你再不能塑造从前。
世间一切柔软之物，莫若水
随物赋形，随心所欲，又永远遵守着
天定的规则。海啸跨越了边界，终究
退了下去，归于平静。除此还有什么？
还有语言。语言，语言之帆
永远召唤着灵动之物：招摇水草或
始终亲近人类甲板的翩翩鸥鸟。

8

练隐身术的人终不能归隐：
客居自身对面的旅馆，看妻子慢慢衰老
孩子渐渐长大，当残月当头，树枝摇晃
回不了家。痴心穿墙术，并不能
深入心灵的腹地：重重内阁，道道门窗，
一切隔墙如无物，但一池水
起了谜团：再不能辨别此中乾坤。
一只瓦罐容纳了月亮。看看那个希腊人
他打碎了瓦罐，清水荡漾，
却始终保持着罗马柱的形状。

9

一片焦土，多少世纪才能被风
重新带来种子：发芽，开花。孩子们
再次去那儿游戏。潮润、平静，
如同庭院的廊柱或阶檐蔓生地衣。
是的，米先生说得不错：
如果日耳曼民族少点严谨、理性
多点柔软，也许就不会有奥斯维辛。
南京的万人坑如今长满了高楼
住在苦难的灵魂之上，我们
日益腻味生活。他们被绑着
背对枪口。那些在枪声里倒下的身体
渐渐的，斜下去，渐渐的……

2013—3—22

去楼下寻女儿得句

新装的春树在摇荡。游乐场。
孩子放学后，在荡秋千
我牵着她。鸟鸣稀疏，节奏明快。

任何关于爱的谈论或精神乌托邦的构建
不如头顶香樟又黑又老的枝干抽出的新芽
这般具体、直接，富于启示。

2013—4—2

回到株洲

三月白云飘过龙泉路。
自行车后座上，戴芬朝我回头笑。
铃铛清脆。白色鸟粪落满树干。
脚踏板上空去了夏良楚。

王敏从西藏来，抱吉他
奏响拉萨谣。宿舍楼门前被单滴水，
朱方南和李垠蹲在门前吃晚饭。
青稞酒。斑白鬓角。砍去了悬铃木。

黄铜钥匙开启记忆
吱呀一声，房间的幽暗露出性：
集体宿舍的戏剧，剧中人慌乱穿衣，
如今阏晓东枕边可还是吴琼？

大雨打歪了美人蕉。
反应釜像鸽子咕咕。那个高个子女人
笑我瘫软如泥。窗外光线渐渐明亮。
她不是白了头的罗玉兰。

夜幕降临。电影院灯火闪烁，
那洋气的城市女郎，拒绝环顾者
贫寒的乡村籍贯。现在她站在梧桐树下，
羞怯，失神，又瘦又落魄。

微风吹动杨柳。湘江桥上俯身。

水草看似游弋实则静止不动。
斯人已归天堂去,没有天堂的电话号码。
从河东到河西,走过半生里程。

回到株洲。夹竹桃又盛开南郊。
长发,拖鞋,小木箱,曾伴青春寄宿。
一晃而过。京广线开上了高铁:
不再哐嘟哐嘟,是一声呜——

2013—4—3

清明

汽车展览会换到了坟山脚。
车辙凌乱,里面躺满仆倒的嫩草:
需要多少个早晨的露水疗伤?
爆竹似乎不足以表达缅怀:
烟花高高升空,呼啸,像子弹
击溃了天空的鸟阵,转眼又自行
溃败。一道闪电在高高的树冠
之上,仿佛五雷轰顶之兆。
必死性在墓碑的音箱嗡鸣。
无人听见。也没人看见山火中
一只白蝴蝶的翅膀燃烧,挣扎,
瞬间掉进了最新的灰烬。

2013—4—5

乡村葬礼四则

1

姨父死了，简陋的老院坝
成了一个大磁场，
聚集起星散在国家四面八方的亲属：
杂货店主，开发商，打工妹，性工作者
民工，保姆，政府官员，批发商
仓管，保安，五金老板，婚庆主持人，拾荒者

从青藏高原、黄河流域，上海或广州
带着彩虹的铁屑
归集在一块磁铁的意识里，
恢复了最初的伦理：
表哥、表妹、弟兄、娘舅、妯娌、堂兄弟
姨夫、姨姐、外甥、侄孙、侄女

悲伤更换了日常的情感或品性：
骄横、傲慢、抱怨、嫉恨、阴险、郁闷、虚伪
握手、点头或向某个肩膀突然一拍，
一张失散多年的脸返转来。
披上孝衣，俯伏香案前，一起倾听祭仪。
清风掠过死者漫长的一生。

2

棺材漆黑。他不足一米五八的个子

此刻更轻盈。两天前起身的灵魂
带走了他滞留人世的苦痛。

一路上大家议论，如果他获得及时救治
可能活得更长一些。
他窝在阴冷的小床上，在姨妈眼里
仿佛一团仇恨。

这个比丈夫高半个头的女人
听从有着大队书记身份的叔叔安排
嫁给一个煤矿工人的身份，
从一个大嗓门少女
变得身形肥大，面目扭曲。年近六十
每天牵着三岁的孙子去市场卖鱼。

四十年跛脚的婚姻。现在命运已经明了：
当初她若接受那个追求者的爱情
生活完全是另一番光景。
她是否会因卸下一个负担而顿感轻松？

锣鼓和白花。棺材和灵位。
灵堂转换了语境。不能再妄议一个遗孀。
而姨妈迎上来，仿佛也忘了一度的抱怨和隔阂
一声“我的姊妹耶——”
沉重的身子，斜坠下去。

3

纸钱的火。香烟。土铳的轰隆。牛角的低鸣
苦楝树。雕花床。烟熏黑了的伟人像。长明灯

气拱门。讣告上的一抹红。不孝男。祭祀生
腰鼓队。哭灵人。大包。缟铺的火光。鞭炮
锣鼓。祭旗上的姓氏。唢呐的高亢。二胡的
低回。三牲。叩首。揖。道士的水袖。挽联
当大事。春凳。茶盘。豆腐。小礼。彩绘的
菩萨。塞牙缝的银子。寿鞋。封棺的丁丁声
出殡的喊礼人。大牛。灵屋。梯田。引路钱
打金井的铁锹。鸡血。冬雾。山岭上的霞光

4

墓草里躺着一代又一代人。
一代又一代,入住"显考显妣"。
"现在从我们开始了。"那接下来的一代
眼皮上掠过轻微的恐惧。
年轻一代在耳语,或突然爆出一阵大笑。
新土扬起,一片沙沙声
虫声,鸟声。林中间歇落着黄叶,
一阵风掠过松林发白的针芒。

2012—12—17
2013—12—9 修改

与豹子在凤凰夜市摊喝酒

几个女人都走了豹子像是忽然
面对一片荒滩，
沉默了一会他说你们以为我会上当不会这么老的女人。
他说的女人在沱江边开了三间酒吧在长沙
有房子至少比豹子小十岁但的确
有些老了肚腩鼓起乳沟露出来也并不吸睛。
她给我两百万我就跟她结婚豹子说否则
想都莫想这年代还有什么爱情。
夜市辉煌街灯暗淡这个豹子。
你们不要小看我有的是货微信里一大把。
我们知道豹子宾利开了三个月
不是人换车是车换人但他当年的确风光。
嗨这是张哥啊张哥这是王哥啊王哥这是田田这是洋洋。
啊夜市辉煌街灯暗淡这个豹子。
来给几位哥敬杯酒。
哥敬你很高兴哥敬你幸会一个拿餐纸抹了下嘴另一个
点燃了一支芙蓉王。
我是 80 后不信你看身份证豹子说。
撮把子①啊新疆石河子区什么什么村我都
念不来了耶撮把子她说。
豹子说我是移民新疆她说人家移民新加坡你移民新疆哈。
我们相互喝酒看豹子演出的确老道。
晚了两个美女起身再见再见走了几米一只手伸进豹子臂弯。
我们也散了街灯暗淡这个豹子。

2013—4—20

---

① 湖南方言，有“欺骗”之意，但意味相对趋于中性。

和三缘去杭州白乐桥访江离遇隧道堵车[①]

日光照耀挡风玻璃的灰尘。
出租车后座上，你眼睛微闭，手掌合立胸前
喃喃低语。
大地这个车间的一条流水线缓缓启动，
仿佛菩萨启动了跳闸的按钮。
时间又归于我们。

低语属于树叶、小草，属于老年痴呆症，
属于神的足底下言语的习性，
而沉默属于花朵、后半夜的月光或当你置身
社会学谈论中的游离和恍惚，
当灵隐寺披满绿荫，微风吹动苏堤之时。

低语和沉默，生成甜美的人格，
你嚼着，却总是微苦。

2013—4—29

---

① 三缘和江离，均为当代诗人。

洪山立交桥

一只巨大的蝴蝶停在浏阳河畔。

翅膀上不止一条交叉小径。
比《歧路》更多歧途：
我在上面迷路：从鸭子铺出口折回
一再错过月湖的幸福时光。

迷惑于其磅礴之美。
进错道如同选错合伙人。单向行驶：
心和车行相反。挣脱游戏规则的游戏
耗尽了精神和红润。

从四方坪到“湖上藏龙”
从洪山立交桥结构的复杂性
到百事了然于胸，忽忽就是中年。

几个人在路口护栏上举着牌子：
带路收费。他们是另一种迷路人。

2013—7—12

为结婚二十周年纪念而作

只有周年。没有纪念日。
一间出租屋开启婚姻的旅程。
高墙或荆棘,什么也没有分开我们。
债主在楼道口挟持我,你跟出来
撕裂了产后未复原的阴道。

屏住一口气,一起趟过洗马河
爬过月亮山。快步从菜市场赶回
见孩子坐在脚盆里,仍像你出门时
摇着拨浪鼓傻笑。你也笑了。而泪水
汇集在一墙两隔之后重逢夜。

二十年,我们熟悉得像亲人。
打消了当初两双眼睛的疑虑:贴着窗户
往里看:一个你妈妈,一个你姨妈。
树枝长成了一蔸,枝桠伸进对方:
鸟语呢喃;风暴里更紧的拥抱、深入

不单是激情:抵达比婚礼更确切的存在。

2013—4—10
2013—7—28 改

检查口

咔嚓一声或一声
轻轻的嗞——
被送上夜行火车或空中世界，
自由被拓展：万顷白云收割脚下。
或将有一段周渔的故事发生，
当周围的人随着列车晃动，
窗外灯火像果实缓缓长出原野之时。

关闭无线设备，失去了和世界的
联系，有隐隐恐惧，
尽管“美好”终点站将临。

电视上荷枪实弹的检查口
远在巴勒斯坦或伊拉克。
太远，仿佛不真实。
木马和铁丝，也像小说的描述。
但是咔嚓一声，当咔嚓一声更清脆
更彻底的检查：不光验证车票
或以探测器检查周身——
举起手，此前的脸面
像打火机或不明液体被收归篓子。
阴茎比本人更觉羞辱，
当脱下鞋子、内裤，铁钳
夹去长裤的拉链之时。

宏阔地图上一个小小看守所。

通向地狱的下水道井盖。

检查口。是确认，也是取消
我们忘了出生的情景：唯爱不设栅栏，
咔嚓一声，无关“秩序”，或罪。

2013—5—29

风之诗

总能感觉风的存在，当它掠过汗毛
或从弄堂深处吹来，
凉爽或惊悚。甚至呜咽：
当父亲在炉火旁打盹，
它从兄弟院墙坍塌多年的缺口窜出，
回旋着，久久不去。

它的力量不可估量，
伴随着海啸，掀翻我们的领地；
掺和着雷鸣，拔出百年老树。
我们追赶吹飞的衣物从未聆听风的教诲，
当它让我退两步进一步，
我仍目迷于一个北方城市红唇的华丽。

风通过树枝或草叶塑形。不在讲坛上
不在会议室。在高寒地带，
变形的灌木或低矮的玉兰——
这些作品：在贵州高原的雷公山
和梵净山，我见识过。

风坦荡、正大，推门从不迟疑：不是吱吱呀呀
就是砰的一声，从不像一些人的手，
无形里摸进来，无声无息。

2013—5—29

回归

木器里的钉子自会松动。
后院的栀子花每年春天都在呼唤。
我们终于听见了寂静的声音。

那挥动弯刀的手二十年后
又举起了我们家的酒杯。酒杯在空中
碰撞出舌头开始迟钝脸却动人无比的笑容。

团聚的桌子,四个脚曾经合作。
你一锤子下去是怎样敲断了一个。
葵花子雪白转眼成为一柄柄匕首闪耀。

连襟割断。桌面倾斜。老外婆的撮合
缓和不了斗争的陡坡。对面无人。
岁月的烟霭掺和着仇恨。

走远了才发现身后已经空旷。
憋着牛劲的嘴巴,拉车上坡的马蹄,
过会儿就会感觉腮帮疼痛,腿肚发抖

或许直到鬓发斑白,颈脖干瘪。
懵懂表弟牵着儿女也懂得了地厚天高。
河水运走万千荣耀只剩下

空无的码头。木器里的钉子终于松动。

后院的栀子花洁白年年春天呼唤。
我们听见了寂静的声音。

2014—2

后山

大堆旅行照片只是短暂地引发
激情。龙头打开，旋即关上。
这片小松林，却持续地给我们
以安宁。是因为清风荡漾着
旋覆花的香味，还是鸟鸣和虫嘶
夹带着墓草里祖先的呼吸？
几个来自不同地区的女人
一起引申着“家”这个词的檐廊。
松林里的小路，仿佛爱的纽带。
当亲切的散步融入风的节奏，
我以镜头不断对准端午的弯月：
它挂在高高的峰顶之上。我发现
必须仰仗就近的事物才能聚焦：
一棵草或一角断墙。谈论爱的永恒
何不从她们身上获取形式？
而林间山溪潺潺，似近实远：
大地的龙头从未关闭。

2013—6—25

无座

车票上“无座”两个字
增加了不幸的可能。
我曾在睡梦中遭洗劫，过道上
站满昏睡的旁观者。火车哐当哐当
从此开进怀疑的轨道。

爱恋的姑娘不招呼你落座
眼神躲闪，不是蔑视你而是
不知怎样应付可能的唐突。
“无座”的尴尬不关乎情感。
一个男人站在老板台前
眼睛闪烁着绝望的光。

不能斜坐西窗看菊花
春天到了，也难得有好脸色。
葵花涌向“座上宾”：校长，当你是家长
市长，当你是开发商
检察官，当你是嫌疑人家属……

最终站立舞台侧边阴影里
做一个和声。一个灵位召唤灵魂，
当黄昏的瓦檐蝙蝠呼之欲出。

2013—6—30

相似之书

我们一生干了很多相似的事：
比如将沉精(丝网)放进河水
甜酒糟散开来：鱼儿闻到甜腻气息
自动钻进去。出水刹那，挣扎
一片碎银闪烁。我高高举起竹竿
满脸神气，小伙伴们在旁边跳跃。
从没想过自己日后遭人算计。

或啪的一声：在冬夜，捉麻雀，
一个少年向杨树梢的草垛悄悄靠近
忽然打开手电。多年后是一场审讯
铁门关上，进入暗室。大灯
啪的一声射来。相对麻雀持久的恐惧
河水点点碎痕平复以后我发现

手电的光芒并不亚于大灯。

2013—7—5
2013—7—7 改

致我们已经流逝的青春

自行车刹在堤边，前轮举起。
喷水池四边开始干涸。
犹记得你在松桂园，
拳头挥舞，牙齿雪白，浑身溢出激情
像一尊叠泉的希腊雕塑。

二十好几还没碰过女人。
但该来的来了。酒吧的迷离，
公交站牌下的搂抱，
被我们废成一局棋的冥思：
左手支着下巴。右耳没有耳钉。

忧伤。化于床前台灯的橘色。
热恋。形式简单，
不在街边吊脖子或在幽暗的房间
与毛片映衬做爱。
柳荫下一次拥吻，湖水久久激动。

风过湖面依然有涟漪。
从无常或落差坠向涧石，欲起身，
终没了雾的轻盈。昨夜曙光路，徐记海鲜
大盆花螺鲜美不敌当年一碗三鲜汤。
各自散去。喜来登酒店上空一抹残月。

2013—7—8

乳房

光线柔和。你的乳房
光滑，透明，随着手指位移
青筋像泥鳅在禾弄里脉动。
这单独会见的荣耀
高过在评委席看一场时装秀。

微微下垂，依然饱满。
一个女人幸福的晴雨表。
一个感知爱情的传感器。
它若孤独，必定
比一个炉火边垂首的老妇更颓丧。

无需感怀当初的坚挺
与蓓蕾、青笋、百合等词语并列，
骄傲而羞涩，无知却任性。
经历春天之后的雨季，蜜桃熟透，
谁会让它自行在夜晚坠落？

稻子扬花以后奶水雪白。
奶水没有了红叶李更妖娆。
只有大提琴的悠扬能与它的风韵相匹。
一匹母马在一个人的草原上扬蹄
除了落日领走了羊群，你还看见了什么。

或许有一天它终将空库。
一只空去了谷物光华的米袋，

不再有手指触及：至多一缕柔和的光线：
它空瘪却装满回忆和爱的知识，
改写了绸缎堆积的皱褶之美。

2014—3

语言

语言本是最干净的事物，
被弄脏，比什么都更难清洗——
我们用盐酸，终只能洗净
久积茶垢的杯子。

语言紧裹人的灵魂。
那沾满鲜血的德语杀了策兰的亲人，
他的族群。有谁知道
他是怎样擦拭后又怎样盛满悲痛？

“百花齐放”引来蜂鸣之美，
“横扫一切牛鬼蛇神”，夹皮沟骸骨累累。
陌生人，怎么能随意“控诉”“揭露”？
可知道曾经的高帽子和大吊牌？

大吊牌不是通行证，
高帽子不是光荣。一座塔
压着卑微的尊严。可知道语言是神明
也是戕害人类的利器？

不要让利益玷污语言：这个时代
没有价格标签的事物，
当不受管辖的手指敲击键盘，想想
族上的长者以怎样的语调追悼新亡的亲人？

2013—7—13

悲歌

每一个悲剧的发生，都和自己无关。
早晨我在睡梦中，另一个人被另一些人
执行注射死刑。另一些人的名字叫“正义”。

他有确凿的名字，实证的罪
有见不到女儿最后一面的悲哀。
太阳照常升起。悲痛，只是一个女儿的悲痛。

我们只是不断失去快乐，当太多的事
阻塞心灵的路口。排气管喘息。
不错，我们还可以等待绿灯亮起。

“未来”的美好让“此时”的“不平”
足以忽略。有人陷进城市的下水道，而我们
站在旁观者的集体中或作为个体，绕开了“偶然”

享受着“正义”。它像空气一样看不见
却实实在在存在，进入我们的呼吸。
我们凑近一个小商贩的秤杆却很少接近“公平”。

我们无法评判一切。一首诗也是，
没有道德的尺子和法律的权力。诗只记住
一阵悲风掠过“归宿地”附近松林的漾动

诗也许可以预言梦醒之前早已满布的裂痕

像一块遭到撞击的钢化玻璃。当悲剧降临自身
枝头是否还有一只鸟不畏恐惧而轻声悲鸣？

2013—7—14

西霞口野生动物园一日

老虎和狮子都在假寐。
金钱豹在悬铃木下走动，
只几步，也躺下了，半闭着眼。
对囚徒来说，白天和黑夜
的确没有什么分别。
镜头的闪烁，孩子的呼喊
杂沓的脚步，仿佛都不存在。
卖鸡小贩提供的“兴奋”
只是短暂地引起狼群骚动，
狼嚎出幽绿转音，鸡在半空
露红，不及咯咯一声，
头狼奔向最高的岩石回望：
一场战斗结束。胜利者的目光
流露出淡漠而不是激情。
有什么能让浣熊跑动起来？
“很快就只剩下浣熊的足迹
在雪地上沿着河流渐渐消失”①
寂静并不完整：没有雪，
草地也没有窸窣声。
时代的喧嚣裹挟着枯枝。
手机新闻里又倒下一大员。
这里的蛇静静攀附。
这里细雨静悄悄：天鹅和苍鹭
茫然于浅水池边。我也茫然

---

① 引自美国诗人杰克·吉尔伯特《寂静如此完整》，柳向阳译。

寻找鹳或鹤的掠翔之美。
没有“钟楼上的鹳，或鹤”①
孤独的四望，什么时候将至
“直到剩余的一切/是喷泉的喷嘴”之境？
那些“我拿青春赌明天”的乳房
这些天鹅和鹭鸶、鹳或鹤。
本地摄影师先行租赁的鹦鹉，
在横木上沉默，徒有羽毛的艳丽。
孔雀走近我们，那就多拍几张，
20 元和大象合影一张。孩子们，上。
它微微扇动耳朵，像一艘巨轮
缓缓航行。海浪经年的拍打
再不能唤醒这灰色之王，
不能给灵性，添一点灵动。
威海，散尽了甲午海战的硝烟，唯余浪沫。

2013—7—26

---

① 引自圣卢西亚诗人德瑞克·沃尔科特《在西班牙》，程一身译。

绳子颂

1

绳子。废弃了，在地上
像一只死去的虫子，
懒懒的，在日光和风雨中朽去。

绷得直直的时候，
像一座不可撼动的城池。
抖动。消耗着两端。我曾是一端。
当我满怀快乐进入一个孩子编织的游戏
不是参与形式的变化而是进入
绳子本身。为拴住，挽上结，
不自觉，拉紧了——每一个结
在时光里渐成自身。
长期下水劳作的腿肚，布满水蛭般的结。
夜晚回去各自翻协议的股东，
查违约条款的每一句、每一字。
激烈或死寂，
濒临崩溃的婚姻。
一场欢娱之后，凌晨的酒店放出风筝，
身后绳索慢慢拉紧。
星子颤抖：在天边。

2

小时候看父亲织绳子。

屋檐下，他神情专注，面带微笑。
四处传来鸟鸣，
松散的稻秸和茅草抖动，
进入统一的形式：
个体消失，再难分辨稗草。

这么多年来，我很少再作为旁观者
看细茬纷纷，
看一根绳子在父亲脚下像蛇一样伸长、蠕动，
看绳子绷得直直：一箩谷子
升向楼枕间的谷仓。井泉荡漾的洋铁桶
悠悠从深井吊上来，伴随着
辘轳吱吱声。

一个五花大绑的小偷，夹在两根门杠之间，
月光下，不断迎来杉枝的教诲：
满地的绿。一具赤裸的身子。
我的颤抖。

绷得紧紧。狼山的老树上，
四类分子：我的堂祖父，斜歪的脸
吃着响亮的耳光。
抖动。在我小表哥脖子下
连着一块“现行反革命”的牌子，
连着锣，久久不息的余音。

3

父亲仿佛从未有过绳子的焦虑，
甚至炫耀他的力气和技巧，

当绳子在他的肩膀和矿井里一篓煤
或陡坡上装满石灰的板车之间，
在他双手和一箩谷或一幅渔网之间。

我何以时常纠结？
是入仓的谷子还是出水的网鱼？
我们计算反被计算的绳子。
我们丈量却被丈量的绳子。

4

漫长的拆解。
结：死硬，光滑。
深深的勒痕。拆解加剧了淤紫。
一栋老房子。巨大的结。
燃烧的喘息。
时光的碗盏纷纷坠落。
解出一丝纱牵出无数顶帽的里子，
带出裙带和虫。
解开了兽笼的挂钩。

一个人在无人的大堤暴走。
星星颤抖。无关绳子
河水荡漾。无关绳子

5

镜中默默走过一队囚犯，以锁链相连。
一个囚犯是一个结。

我看不见它们的映像，
也没有谁看见我的五花大绑。
没有人向我的赤裸抽来杉树枝。
没有人打我耳光。
满地碧绿的刺。
脸上留着火辣辣的掌印。

6

妻子每天和我在一起，
她看见我的自由看不见我的囚禁，
看见绳子上的达瓦孜看不见我
脚下的深渊，
看见死结看不见死结耗损的时间：
活页夹进异物，门扇嘎嘎响。
被单拧成绞索，水急速溢出，滴落，
消失在炽热的水泥地。

被荒芜的爱，无数次长势
无端终止：被一声吼叫或一面锣的余音。

7

一刀砍下。两棵槐树之间的晾衣绳
一端悬垂着。另一端
不知所终：连同结。

槐荫下，很多年没有五娘的身影：
她一边晾衣服，一边
和屋檐下一个老人聊天：

我爷爷,一袭白色对襟衬衫,抽着水烟筒。
水烟筒的咕咕和屋顶上鸽子的咕咕
混在一起。
她消失于一个结。
一片桃花卷进了一个漩涡。

8

悠然摆动起来,回到律动自身:
悬垂的绳子
失落却慢慢呈现它的虚无性,
伤感但渐渐厘清
事物之间的联系:一只悬空的阳台和林立的楼宇,
晚眺者和对岸的翠鸟、青山、白塔,
语言和它的绳子两端。

绳索崩裂,始见词语。
分娩必有挣扎。新生始于疼痛。
沤池里胞衣浮着一截脐带:生命的绳子
被剪断。解开任意一个结,有我
在田埂上飞跑的赤脚。
接生婆满脸汗水和微笑,
抱出粉红的妹妹。

昨夜去后山散步,
松林深处的灌木下,睡着爷爷和奶奶,
众多的祖先。
小径上,妹妹挽着母亲的胳膊。

从来就剪不断。

头顶上端午的月。一截懒懒的细绳。

9

我喜欢绳子慵懒而非绷直，
我倾听它的沉默而不是它的怒吼，
我赞美绳子的虚无性而不是工具性。

拒绝拔河的引申。
不再看两个头颅之间绷紧的绳子
或一个头颅在无人的房间伸进绳套
一抖。摆动。垂直。
仿佛一只耗完了电池的钟表
秒针静止。

让草绳加身吧：再一次
在爷爷的灵柩前跪拜，
后退，停于那一刻，我的心，精神
凝聚于那一刻：当哐哐哐的锣鼓终止，泥土纷纷坠落，
大牛①上紧绷的绳子，直直的，
缓缓垂落，松弛……

2013—6—16

---

① 大牛即为抬棺材的横杠，长而粗，上有漆。

觉华岛[①]

寥寥几丛菊花耀眼不足以
支撑“菊花岛”之名。
一再更名。从来无关这座北方岛屿
寂寥的存在：几只幼蟹爬上海滩晒太阳，
海湾悬崖下，几对情侣
不知自身正成为旅游指南一部分。
海水激荡，不得其名，犹如葫芦闷响。

菩提树盛名之下
你和我合影：阳光穿过茂密的时间，
耳边响起慧能的名句[②]。
浓荫莫非含着空无之境？
唐王历史上的威名
曾经藏身的洞穴——不可名状的窘迫。
冰封的海面传来骑兵的哒哒声。

大龙宫寺虚室以待万物。
此后我们也无需掌声：菩提深邃的根须
环抱着八角井不竭不咸的泉源。

2013—10—13

---

① 觉华岛，位于辽宁葫芦岛市兴城15海里区域。唐称桃花浦，辽、金称桃花岛。元初沿旧制，至和七年（1270年）废县治，改称觉华岛。明末时，努尔哈赤曾上岛屠岛。清初称觉华岛。民国十一年改称菊花岛。

② 六祖慧能有著名禅诗云：“菩提本无树，明镜亦非台。本来无一物，何处惹尘埃？”。

长笛

嘴唇嚅动。每一个打开的孔
发出不同的音符，
粘连着一段旋律。
六只手指紧紧按住，它同样
参与到那不同的乐句，
像沉默，或怒吼。

没有听众好比那笛音
并不存在或像一阵咕哝。
曼德尔施塔姆说，“惟有长笛熔成的金属
才能连接起时光之链。”
他再不需要冒着沃罗涅日的大雪
去印刷厂寻找耳朵。

或许这是一个更为耳聋的时代。
但没有长笛的牢笼，
总有人分享一个音符，就像我今天
倾听他的咕哝，努力听着
甚至试图听出集中营
那最后一阵急促的脚步

甚至好奇他的笛膜
来自何处？昨夜翻遍三条大街
没找出一家供应的店铺。
当初站在乡村某一个堂屋，等待

篾匠剖开新竹。那新鲜的膜
是怎样在长笛上颤动？

2013—10—28

临沣寨

困惑。恐惧。中间连着甬道，
刚够一个人通行。到深处
从三条死胡同折回，你就看见光
穿过窗棂，贯通了古今。

青瓦的鳞和绿苔之美
不被上下两排花窗呼应，
庭院空地从没有等你来俯看菊花，
窗口就是枪口的表象。

或许还有一些词语埋伏：
张榜一万两白银的豪迈，忧心，
此刻的荒芜，寂静。从山西到河南
皂角树的浓荫能够荫庇灵魂？

姓氏的空盏。没有一星香火。
泥墙开裂。石板生苔。三道门栓
守着一个普遍的内部：
火光。轰响。空寂。无人

2013—11—10

信仰

一位老农民从城市短住回来，
进门就去了后院
背着一个背篓从侧门出去了，好比我
一进家就打开电脑。
六月豆角攀上豆架，打满了细花。
茄子开启紫色的倾听。
我更换着液晶里大片的郁金香
没有他脸上那样的笑容。

鱼儿拱动着浮草。
牛儿在栏里静静反刍，仿佛
因这细微的声音一地月光碎如银。
这位老农民在日渐空去的乡村
并不觉得空虚，
他有恒定的早课和晚课，
当曙光照亮每日不同的天空或落日
映照颇有些年份的马头墙。

他拓展了爱的疆域。
而我不知还能向谁送玫瑰。
在鱼儿突然一跃和长空的寂静之间
他获得了信仰并得到回馈，
牛舌头温热的一舔让他忘了
冬夜的寒冷、岁月的流逝。

他是我双重的父亲。

2014—1

灰汤温泉

淡季赠送廉价的奢华，
两个人独享全部的温泉。
小木屋失去了意义，
所有鲜花开成我为你准备的礼物。
封闭的矿盐浴不妨碍
前所未有的敞开：对自身，对世界。
这一日海豚伸向气球的嘴
不如你的嘴凑向吻优雅；
这一日滚烫的卵石
从内部传递自信的情欲：让落叶
去流浪中寻找它最终的居所吧，
让算盘，去算它永无休止的旧账吧。
艾叶，玫瑰，芦荟，食人鱼，木桶或石池——
充盈所有形式的爱将你赎回：
从各种身份，从不同地址。一张泛红的脸
是证据，也印证我全部的到场。我们

2013—11—11

痣

这颗鼻梁右侧的痣一天天长大，
现在，它不长了。
它引起了足够的注意，
以致多次引发它觉察不到的威胁。
“做掉它”。它听不见这话。
一棵夺目的树不知道斧子在预谋。
有关它的预言已被悲凉兑现。
它也超越了泪水的流域，
不再需要喂养。
它妨碍美却是真的见证：
一张脸的平原之广大无名因它的微微隆起
而有了一个小山冈：是标记，也是志向。

2013—11—12

几年以后

一次访问往事的旅行。
青年的心血来潮终落得中年的落落寡欢：
他们依然热衷“辉煌”，
像个烧红的炉膛，
而我是铁匠铺那一桶水，
没有一根铁条让它嘶嘶作响。

从黔东南十二亿打造的苗侗风情园
到金城江新建的城西广场，
“辉煌”不再与我有关。
只有地貌的变化吸引镜头：
一路丘陵渐渐断裂，在一片甜甘蔗尽头
群山的花边扑面而来。

这不变之变，不过换穿四时的衣裳。
变了的，只有我：一桶水的失语
披着“辉煌”的旧衣。

2013—11—15

烈士公园的无名花

树林满地落叶之中，
一片低矮植物开满紫色细花。
似曾相识，牵动着我们的记忆。
它曾被捣碎、晒干，用来烤酒？
只存在于湘中方言——biangyao？

当柴灶的火焰熄灭，大竹盘热气蒸腾，
母亲在灶屋弯着腰身，磕碎小白丸
把它拌进白花花的饭粒。

烈士塔高高耸立。
谁还记得被纪念者的名字？
见过那么多人世的美好，
不可名状，你若不在身边

我该如何言说——那低矮的植物……

2013—11—23

名片

一起聊开了新朋友说来张名片吧。
仿佛谁一只手悄悄关了煤气阀，
火锅的劲头顿时恹了下去，
剩一片嗞嗞声。

我已经好几年不印名片，
像从前台退到了后台，
只听见您好请出示一下身份证。
身份证是我最后一张名片。

国庆去岳阳，连包带身份证银行卡
一起被盗，没得及补办，
见一个博物馆重新开放来了兴致
却被卡在门口：对不起免费

也要出示身份证我只好眼睁睁看着
橱窗里面木俑的手势。
在金城江看守所透过铁栅
看见弟弟出现在外面眼睁睁我——

那是过去时了是今天
来到图宾根。一月。海鸥
在荷尔德林塔四周盘旋。
我想和他谈谈另一个时代。

这个仿佛总是从低处看高处

翻出眼白的诗人，
没有拦堵我，他咿咿呀呀
我也一个劲咿咿呀呀一个劲地。

2013—12—3

风筝

江边。一群沙鸥盘旋，掠翔，
飞向语言的中途，
总被这样的句子拦截：
“让暴风雨来得更猛烈些吧”。

一个人转动轮舵样的线圈。
驾驭沙鸥的快感大约如开快艇
御临一片虚无的大海，
锥尖迅速切开广阔的平面。

长江游轮的甲板上，
空中飘着的钓钩钓来只只沙鸥。
那怒斥放钓者的青春少年，
如今成了老练的旁观者。

浪尖嘶哑的鸥鸣，
越是在风雨中越是密集。
现在沉默了，驯服了，它们
随着线圈收拢纷纷栽倒。

而时代的木偶戏永不会收场。

2013—12—6

圆明园

圆明园是“疼痛”这个词的全部。
鸟雀的叫声不是它的呻吟。
喷水池的嗤嗤声不是它的哭诉。
你们对浩大华丽的皇家园林的惊叹
不像它的惊恐。

一只长尾巴喜鹊在百年侧柏上跃动。
我们比它更忘我，
没有让一片草叶颤栗。
一颗老核桃树在倾倒的石坊间幸存下来，
无人听它在夜风中诉说。

石狮子断裂的头颅在枯草里哀嚎，
我们听不见。
石头上“柳浪闻莺”字体秀丽柳条低垂
细浪不兴听不到黄莺啼鸣。
石头的伤口是最深刻的伤口。

圆明园每一块石头都是一个肢解的躯体，
你们不要乱动。
石头上每一朵花唇色苍白是因为疼痛。
石堆中隔离的青草是绿色的绷带。
我们的影子匍匐不足以哀悼满园石头。

每一块倒塌的石头依旧在呼唤“尊严”站立。

2013—12—8

娜娜

哎娜娜,当初不是一只老犁头惊醒了处女地
会怎样? 一门心思守候。在客厅走神。我们的谈笑
只是空寂的瓦檐上的落花。
那时娜娜。紧绷身子的贝壳。我们看见
珍珠隐隐发亮。
大雾推迟了货轮靠岸,码头的集装箱
阻断了爱情的天际线。
那时他是水手,你是一盏卧室亮到天明的灯,
炙热云团顷刻化作倾盆雨,
阳台上抽动的肩膀令一只手不知如何是好,
但娜娜,跑出笼子的老虎是如何御风于山林?
是的娜娜,瓦格纳博士①也没法阻止那小人儿奔向大海。
犁坯纷纷。訇的一声撞碎的玻璃瓶如雪崩。
鹧鸪声声。呻吟尖叫你是大海滔天的波峰之上
鸥鸣本身。
老母亲举起条扫子,愤怒,绝望,终于
放下了传统:爱大于一切,含着心,心服从了天命。
父亲头发花白,笑容恬淡,或许他比女人
更懂一颗女儿心。
手如柔荑,肤如凝脂,领如蝤蛴,齿如瓠犀,螓首蛾眉
巧笑倩兮! 美目盼兮!② 娜娜
你天生就是叛逆的头领,黑夜的闪电,
娜拉出走酝酿了几个世纪而你尚未坐下早已远行。

---

① 德国诗人歌德长篇诗剧《浮士德》主要人物之一。
② 引自《诗经・卫风》之《硕人》。

水手的锚链拴不了水的妖娆。
俯耳一语，化掉一个男人的耳根，
微挺酥胸，令满座的眼睛沉迷。
峡谷里滑雪。“他说，玛丽，玛丽
抓紧了呵。于是我们冲下去。”①
一个个冲了下去。他们。你
赤裸着暗笑。
冠冕高耸，不过肥臀下一片碎裂的枯叶。
脸色铁青，也就是双乳下一团融化的冰雪。
啊娜娜，征服了世界你不再满足于征服，
LV 挎包套住肩膀好一阵子但好景不长
Silvano lattanz 鞋根发出的声音不够清亮你统统将它们
打入储物柜的冷宫：Berluti，John Lobb
testoni，casino，Base London，Salvatore Ferragamo②。
希腊的巴特农神庙太枯寂，不过震撼了一秒。
尼泊尔的佛塔顶太圆，不够锐利。
是的娜娜，如今土耳其的总统套房奢华但桑拿
不合你的体温，
泰国的海水深蓝不是你要的湛蓝。
床单雪白。海水幽蓝。椰子树静候飓风，菠萝蜜腐烂
散发死亡的甜腻气息娜娜
你在一个男人的鼾声里接通万里外另一个，
秋波横跨南海覆盖北疆至今
胯下没有一个英雄，
你是英雄娜娜你是绝对的征服者，始终骑在
上面，马儿啊飞奔，草原多辽阔。
太多呻吟，太多尖叫，声音嘶哑渐渐

---

① 引自艾略特《荒原》，查良铮译。
② 皆为世界顶尖奢侈品鞋子品牌。

失去了大海。
哀众芳之芜秽，恐美人之迟暮①。
征服者来了。你落寞，空寂。水汪汪的小孔渐渐枯寂。
钟乳石粉红的溶洞：
黑暗中，你等待一个回声。

2013—12

① 引自屈原《离骚》。

如果没有人说不，它如何是

影子永远不会说不
镜子与你相对从不说不
看台上的欢呼声里没有人
对公牛的鲜血说不
狼山批斗会的群众黑压压
没有一个对耳光和唾沫说不
河床对流水，自古以来不说不
传达红头文件精神的嘴巴
不会在会议室说不
经纪人对委托人，不敢说不
律师对当事人，很少说不
流水线上的玻璃瓶
对咔的一声压下来的铁盖，说不出不
导购小姐对试穿，绝不说不
销子拴住的齿轮，如何对轴的转动说不

飞蛾不对火焰说不，它就不是
锄头不对石头说不，它就不是
铁器不对锤子说不，它就不是
米粒不对谷壳说不，它就不是
城管不对小贩说不，它哪里会是
罗本岛不对曼德拉说不，他就不是
星星不对黑夜说不，它如何是
声音不对意义说不，它就不是
灯笼不对黑暗说不，它就不是
小鸟不对笼子说不，它还是吗

莫斯科不对眼泪说不，它就不是
“马夹”不对“是”说不，它就不是
虚伪不对真实说不，它自然不是
死亡不对生命说不，它怎么会是
如果没有人说不，它如何是

2013—12—11

画皮记

1

多年以后我才看清楚那个早晨，
朦胧中你进入旅馆房间，
蹑手蹑脚，潺潺的话语
犹如梦境的一部分。

旅行袋嗤的一声
张开一张巨大的嘴巴。
将醒未醒，我没有注意
黑暗里鲨鱼的牙齿。

沙漠延伸到天边。
黄金在河床沉睡。小镇渐渐
醒来。一粒露珠在鸟鸣中
落向空无的归宿。

穿街走巷，我从陌生服饰
进入更陌生的地域，
你跟后面，像我的影子。
一扇半掩半开的门。

2

总是眯着眼，阴郁地看世界，
脸上半明半暗。

我差不多误认为
你前世有鲜为人知的苦难。

白天密闭的包厢。灯光下
一个女子照亮你的身体：
无数奔流，每一条都兴奋
活跃，骚动不已。

奋不顾身赶赴人间的宴会，
两腋扇动小蜜蜂的翅膀。
夜晚你说累啊，翻转身去，
妻子在黑暗中睁着眼睛。

暮春月沉，勾向西天，
窗帘摇动，一张雾气腾腾的脸。
书架上螺壳寂静。海上飘着
一叶帆：移动，又像凝固。

3

按摩床洁白。你躺在上面有点像
临近最后一站。姑娘那么鲜艳，
我怎么可能联想死亡？
滋味深陷。一张落叶在湖底。

隐约可见斑点。一阵按摩，
更见模糊。我无法再清晰辨认
你中午走过我门前的足音，
门铃沉默如庙堂的钟。

或许闭着眼睛任流水淌过，
你会迅速清晰起来：我可以分辨你
人性的毁损部分，弄清你的前额
是如何失掉了光辉。

甚至可以在细雨中召回
消逝在牛背上的笛音，
门角生锈的铁环，再次发出号角：
在词语里，你滚动起来。

4

手里拿着砝码，却不把它
放在一直斜搁的天平上，
小鸟不是被你攥住，
翅膀如何会瑟瑟发抖。

感谢生活的厚赐，
赐予我如此清晰的视角。
虽然屁股下椅子吱吱作响，
四个脚都深入了泥潭。

一缕光切开了岩层。你不过是
嵌于横断面的一粒硫磺。
深埋的房子，窗户洞开，
腐败气息呛人，露出骷髅。

你的歌剧院的辉煌
后台的混乱。卸了妆
都不再是人物。在冬季住太久，

你丧失了春天的全部记忆。

5

一只手为你开启车门，护着
缓缓升起的头颅。呵护无处不在。
河水里一张无边的网
围着自在游弋的鱼。

电梯闪烁送你上云霄，
落地窗豪华，幻觉和寂寞交织。
落霞与孤鹜齐飞。大地上万物失真，
隐隐有恐惧的闪电。

绝崖上的攀岩者：上不去，下不来，
停止喊叫那一刻，手腕上的时间
骤然鸣响。一只无名鸟
正在相同的高度飞翔。

水晶灯下你闪耀。起身离去你
不回头。镜中你看不见自己
身后桌布哗啦一声，吐出
满地狼藉的人性。

6

迎春花独自高处饮春风，
挥洒散尽复来的黄金——
你拦在前面，默不作声，
像一道黑暗的屏风。

毗邻我的春天进入了秋季，
日日对镜我看不见
坡地上落满了梨花，也多年
不见瓦檐垂挂冰凌。

你的旅行袋何以冒出了刀子？
明晃晃。我耳朵里分明
还响着你昨天的哭诉：
父母的早逝，生活的艰辛。

砰！不是桌上的烟缸是瓦檐上
冰凌坠落了。冰冷的碎碴，
刺骨的寒光。需要多少个春天
驱除这一刻的严峻？

7

咆哮。里面是你。
脱缰的蹄子。烧红的生铁在凉水里
嗞嗞作响，起皮，开裂，
冒着滚滚浓烟。

咆哮不该是你。铁栏里
老虎不咆哮。它在草地上悠然行走
或假寐，不看我，不做声
算什么老虎的金黄？

不断磕磕磕冲开盖子。
是什么在燃烧？什么烤炙着你？

釜中。凭借什么样能量
够你冲冠一怒?

到处是动物园而动物园
没有动物。你牙齿突出,
老虎欲望内敛。江边的人造湿地
布满了老人和风筝。

8

与你的利益为邻,在异乡,
我无法认你是同乡:
每一夜你多脱去一件,
更陌生一点。

拳头缩在衣袖里,
却粉碎了我眼里全部的美。
总是你双手一搅让一池美景动荡,
瞬间破碎不堪。

甩不掉联辔,又不得不打马
前行。深深的车辙。
颠簸不已。陡坡上膝盖弯曲
瑟瑟发抖,发软。

每翻过一道坡都伴随着
灵魂的气喘吁吁。
在你的山头上攀爬,
耗尽了我满院的紫薇花。

9

我不得不学会谨慎，
时刻防范花粉。你的笑容
曾经迷惑了我的本真，
鞍前马后，都是浮云。

哦先生，谢谢，我不抽烟，
名片搁桌上吧。我腾挪着时间。
夜晚不断地在城墙下挖护城河，
去江边筑防波堤。

远远看清了你，世界
失去了多少神秘性。不能让我
在墙角端详一株新发的木槿，
或安静坐下，看一场晚照。

坐实的你，满盈的你们，
保持一点蹈空、一点静虚吧，
不要都成为实在，如剁开的肉块
血淋淋摆在屠桌上。

10

不再挑战任何人。过我的日子。
犹如我从不警告空气。
你的不安出自你自身。
你是你自己的叛徒。

水落石开。无需我搜查
你灵魂的房间。老鼠已经成灾。
叽叽声不是来自曾经贫穷的楼板而是
发自心脏的富裕地带。

也许我也不该指责你，
就像呵斥一块木头。
木头纹理自在，图案天成，
没有八阵图的玄机。

你还在不断地找刷子。
黑板上写满了证词，
擦了又擦。一场大雪纷飞，
你已经不知不觉老去。

11

我想努力撇清和你的关系，
对自己说你不是偏峰我也不是
什么绝崖。你我之间
一种浅灰色的气体在弥漫。

不是山涧的雾。带着
人类的腐败气息。但也不是
那峡谷的花丛埋藏着
开始腐烂的尸体。

花木摇曳。我怎么能开始厌倦
初生的叶芽和乍绽的蓓蕾。
一个杀人犯面对摇篮里的孩子

远远俯下了身子。

不为距离近，你就成了“你”
“你们”。你不是“你”
空中缆索也系不住。雨雾中
空空的缆车滑动。

2010—10—31
2013—12 修改

手艺

扔了那锄头把，
不再为其节骨添油亮。祖上多少代
起茧的肩膀摆脱不了它，
和石头对撞，在掌心勒出发白的泡。

摆脱了那与生俱来的宿命，
路狂喜起伏，从三门中学的张榜栏
到茅坪陈村黄昏的田埂。

也不归顺机器，尽管大拇指
被齿轮咬去一截。疼痛像个皮球
从台面弹到地上：自我弹跳，弹跳，弹跳
直至滚到某个支撑点，不动。

属于高脚杯的细腰、轿子的双杠，
“请报销”或“同意支出”的书写者。
终不做有用性的主人或奴仆。

一切不过是准备。
且看深冬细雨中岳麓书院，
后山一棵枫树忽然飞出枫叶群，
一阵溢出：它归属隔空的握手。

2013—12—18

向一只青蛙致敬

小区的池水响起了蛙鼓。
小小鼓槌敲落路灯的绿屑，
敲醒四面体深处一只失明的耳朵。
万点灯光编织的黑中一点白。

起伏。是从大卡车拖箱中的种植土
潜伏而来，还是浮游于下水道，
从某一个漏装的地漏爬出？
一个越狱者，对于它高速公路无异死亡线。
中央广场没有立锥之地。
密不透风的混凝土，是牢墙。

在不存在的鼓面上，它敲出一片旷野。

2013—12—21

橱窗

街边橱窗耀眼，灯光
照耀着衣模：姿态的优雅，
身体的黄金比例。
当孤鸟从江天消失，
人类销魂于夜色，
寂寞夺目：没有脑袋的颈脖。

车展上车模翘起美臀
引申着小车的歧义，
大腿修长，股沟迷人，蕾丝欲遮还休。
闪光灯闪闪烁烁。
落日熔金。水面一只鱼漂。

活的雕塑终耐不了模特的寂寞。
在凤凰，东门古城附近
熙攘的人群中一张古铜的脸
突然向我转过来。

今天我从旧书店淘得《庄子》一本。
孤独的尺度。
熄了灯的“橱窗”。
还有中山路 74 号“船山学社”
一片消逝的水花

曾经迎候尺子沉湖的轰然一声。

2013—12—22

树林中的大合唱

此刻每个人都是一个音符。
从乐谱架上解放，
从繁乱、整齐或哑默的合唱中
回到自身，在新的合唱中
不再属于指挥棒。

是每一个人独唱的组合：
白发和白纸上的乐谱，
麦克风和麦冬草的深绿。
松冠晃动，一阵细雨的沙沙声。
香樟荫浓如巨大的鸟巢，溢出鹊鸣。
一块石头滚向溪水的节奏。

无边的舞台。公园的树林被重新命名。
当一个高音穿破云汉，
石阶上，怔住了几点敌意的目光。

2013—12

风和石头

当一阵风追逐雪花，
在雪花中嬉戏，仿佛
在一个没有季节或边界的包厢，
他们忘了自己的年龄。

冰渐渐冻住了石头。
你是否有一块石头的委屈？

风吹云散。石头周围水色清新。
风从来没有确切的结局，
此刻是马路上落叶的一阵咕哝。

而翻开草丛每一块石头，
揭晓那沉默的谜底，
你将获得一份神秘的惊喜，
如同蚓红，或蚁动。

生命之书

数年之后当我回来，
生命已经翻篇，一代人上了神龛。
子孙成群，却如蚂蚱，
触须晃动着十二月的故土。
寒冷中包心白抱得紧紧。
一个中风老者低头跑步。
从严冬的霜白我认出他的青春。
老桃树泛着紫光。
回应我，只有一片田野的寂静。

爆竹的残留，长联的片段。
草地上不会再有
浸满雨水的月经带：那在我很久以后
才认识的事物。孩子们在塘边
丢石头，也再不会像我当初
把避孕套吹成冬瓜。
谷仓边，猫和老鼠的低吼不再。
和父亲同年的安铁匠
昨夜终结了一生的“讲高强”。

十年深山有野地。
那流逝的容颜也翻出了旧故典。
锣鼓喧天，唢呐悠长。终归
寂静：一蓬芦苇穗轻轻搔着落日。

2013—12

悦为邻

以心为邻，玻璃退去了意义。
花格窗画出一湖水墨。
十二月的寒冷使一盆炭火
理所当然地红光闪烁。

走过不同人生的脚
伸到了一起，来自大洋两岸的脸
拼出冬日的向日葵。不同口音
如桥洞两边的水交会流动。

不必往酒中觅醉乡，也无需
一片瓦房田园做归宿。
杨柳低垂，此地就是归依；
风扫落叶，哪里都没有归途。

以心为邻，高墙铁栅也化为无形，
千山万水只在一念之间。
再不要对着酒杯重复“诺言”，
一把雨伞足以让我们挨近。

2013—12—26

呐喊

一台挖掘机碾过新拆的屋地。
马达的嗡嗡声伴随着履带下面
细微的破碎声：
草梗，瓦石，或房梁的断片。

一个人的身体抵抗
一只偶然羁难的鼹鼠
无不和规划保持了同一海拔，
与新土一样带着齿痕，
不过多了几抹鲜红。
我是履带一节还是它的咯咯声中
突然蹦出的小石子？

大雨中的工地一把伞耸立，
止住了骤雨初来的混乱：
纷纷扬起的铁锹——
挖出来和填回去的。
挖掘机带齿的斗停在空中。
在远远的窗玻璃上，
雨水和眼睛内外叠成淅沥。

凸起的石头终以混凝土找平。
我们的梦想大厦，
以旧屋顶和老祖坟做基础。
是在很久以后，那新筑的墙体
或柏油路的裂缝，
爬出马鞭草，缀着缄默的露珠。

立春

南方来的新娘一个媚眼，
缴了所有口袋藏匿的刀片。
只一眼，雪冠堂皇自行裂开，
轰的一声坠落。

现在低洼里那些脸，
苍白，露出了怯懦羞愧之色，
仿佛嚼舌头的婆婆忘了上拴的门
被媳妇悄然推开。

为什么要躲春？阳光那么明亮，
田野上孩子在奔跑，
泥土温软，犁沟万点春光，
草色遥看近却无。

古老的禁忌。这一天不造访世界。
我不磨刀，无事看花盆里
种子假寐，时候到了，
它教给人类救赎的榜样。

2011—2—17
2013—12 修改

理发店

苍蝇在耳边嗡鸣，
讨好了随年龄而来的疲倦症。
享受催眠曲而不再留恋
那自然的葱郁——
时常要拖到假期来临，怕父亲呵斥
剪掉那一头长发。

刀锋走过眼皮。
睫毛瑟缩，不是恐惧。
人生赋予了内心坚强的品质。
一地碎发渐渐浮现
提箱子的剃头匠：
人未出现声音先到了檐廊下，
白围兜里爷爷总是笑眯眯，
后来是坐立干洗，后背
不断触电一个少女擦过的波浪。

绿篱反复修成平面。
没有了往昔葱茏的春天。
镜中人失去了自由。
一片刷刷，如纳粹式脚步。
不再关心发型，也不理会形式：
日式或中式。镜子深处
街景如回忆，一个无腿人盘桓着
仿佛想努力从里面爬出。

邻居

离我最近也最远：慢慢远去，
剩下一张牙疼病的脸，
像两个并置的词，互不关联，
或者桌子两边坐着甲乙方，
一片和风细雨突然电闪雷鸣。

相邻的一切都隔着猫眼。
门敞开了指纹锁仍在门上。
漫无边际的闲聊。一场春雨
落得大地尘起水生，一片汪汪，
水泡打转，转瞬即逝。

邻居不分左右，当然也无上下。
十四楼屈尊来到十三楼，
握手。与手无关。相邻多年，
渐渐纳入一个坐标系比照，
不是区分而如温差带来了风。

隔壁老赵消失于一个雨夜。
他的牙疼病得到了根治。
我胳膊上的齿痕也被忽略。
他遗落在医院楼梯下的一只鞋
盛满无常。我顿失倒影。

“柳树的存在是对榆树最大的
肯定。”但是共有墙瞬间可长成

陡峭山脊。各自推着油桶上山，
碰触即分离，唯余山谷
两声砰响的回声交会于虚空。

2010—3
2013—12

越界

当你踩向边缘，泥土开始松动，下坠，
纷纷发出落水声。

湘江或密西西比河——不论在哪条河边，
向边界的跨越都会伴随着
微妙的变化：草根发出碎裂声。

早晨或夜晚，那里不变的是
河水永恒的流淌——变化的水面，
金黄或银白，日光和雨的刺青
并不能持久。

柔软的，正是容易受伤害的。
碎裂的，最难将息。
调到极限，琴弦也会断裂。

行动的脚忽略了它们，也听不见随后
灵魂轰然的落水声。

2012—12—13

车过雪峰山隧道

隧道略去了急弯，陡坡，云雾。
半天颠簸的旅程
缩短成一刻钟的灯光恍惚。
唯洞口一闪而过的路牌
领你去十几年前的塘湾。

一个小餐馆挤满向春天出征的人群。
你解开扣子，把酱棕色的乳头
喂进孩子的小嘴。

乳液丰沛的岁月，我们
不知疲倦，不懂雪峰山的崎岖，
鸡公界的凶险，
刹车失灵，长途车斜搁在陡坡上冒烟。
鸟雀飞离树枝，又在远处鸣叫。
天麻在山阴抽芽。

以隧道直抵富饶，匮乏将是什么？

2012—11—10

窄门

你的脸总是绷着，如冷漠的门扇。
院墙外的篱笆的缝隙
也无异于一道又一道窄门。

人无法收身而过。你什么时候
会开启大门？阴郁的门脸。
院子里蔷薇和菜花空自绽放。

曾经像流水一样互通有无，
我们，不断挖开阻隔它的沟坎，
每次都美美地捧起两张荡漾的脸。

言语的栅栏。人生的窄门。
你的中庭终冷去了丝竹之音。
一个人临窗，隔空大笑或咆哮。

有那么一天夜里，一场大火
烧毁了木头的沉默。熊熊燃烧，
火光照亮了附近荒凉的角落。

“狭隘”得救了。门楣的虚荣
得到了辉煌的满足。但一片噼啪里
你的脸随余烬泛白再次黑了下去。

2014—2

偶感

面对黑暗发言总有几分危险，
站在山洞口，
喊那“在”或“不在”的名字，
自我的回声越过了头顶，
向背后的荒原扩散。

不是嗖的窜出一股冷风，
就是一只突然扑哧的乌鸦。
那沉寂无名的事物被惊醒，
匍匐的蝙蝠开始飞翔。
你也面临织进无名的可能。

离你咫尺的“无名”，
仍将处于“在”的黑暗。
你选择沉默，转身，微笑，
为“有名”的额头抹上词语的圣油，
或相互“照亮”；为镜头摆下优雅的 POSS

那看似进入永恒的“不在”。

爷爷

一走进院子，就看见许多面孔。
从来没有这样集中。
三婶说，长孙回来了。就等你。
她拉着我的手，在阴沉的里屋
挤开一片泪光。

父亲蹲在那里，摸了摸我的头。
母亲叫我一声，泪水就答应了。
八奶说，快把脚搭起。
三婶的手伸进被窝，我在另一头
端详那不再往返的呼吸。

喊一声爷爷，卧倒的那一片慈荫，
没有回音。医生取下听诊器，
宣告了结束。手脚和泪水
一样忙乱。一袭黑色的寿衣
把他裹在门板上。

跪在父亲的号啕后面，我倒退着，
退回爷爷的一天，一夜
泉涌而来的一生。
封栓的锤子封不住。
老道士，你也不要晃动手里的桃枝。

他一身绵绸短衫，活生生，
齐眉棍飞舞荡开了月光。

那是在益阳，卖大布，
大呼一声客栈老板娘拿酒来，
随即砰响一声。

大队陈书记今夜也来了，做手脚的手
缩在长衫的衣袖里。
爷爷你不必再呵斥它。
生产队的账，你也不必再看，
算盘不再盘算。

深入猪婆山，采药云深不知处。
名扬乡里，常做邻里解铃人。
对着那病倒犁沟的水牛，
噗的喷出一碗水——它悠悠站起
尾巴，甩起一片惊叹。

谈论山西的“二黄”，关心国家
最新的时局。上云南，下湖北，
一门疗伤的手艺。
一本公直的秘笈。拢袖立于
冬天的夜话和口语的传奇。

锣鼓哐锵哐锵。不用那么急。
我早怀疑这世间急切的用意，但不怀疑
你躺下是一条河流，
站起来，对得住
满山树枝的长揖。

2010—4—1
2013—12

第二辑　老凤凰

虹桥

一段美的连接,也是美本身。
三孔波光意在超越少女
两只眼睛的汪汪。
鳌头。青瓦。白屋脊。
一潭渔火加三百层灯光的锦衣。
夜月失色,像羞怯的孩子。
远远的,来了:游客。低音炮
串场歌手。陪酒女。鼓手
打击乐锋利的刀刃划出了伤口。
田裁缝巧手缝月,复活归来能缝合
裂痕的麻木、宁静的古老?
风雨中虹桥除了固守自身的坚固
和简朴,还有什么能让破碎的月光
止住繁复的绷带溢出的血?

龙潭渔火

太祖皇帝挥笔断青龙，命沱江
改道，而成龙潭，而立
廻龙阁。它再不会动弹，不会
威胁社稷。孤峰非自成，南华山起伏
含着千年的不平。喝土酒，泛舟，你们
挥动蜜蜂的双桨栽向异乡的花蕊。
剪刀划开水的绸缎：无声无息。
张古佬落入美人计，驳壳枪来了才知
龙潭深浅。可知道什么叫点天灯？
无需知道，只享受此刻的美。
此刻的渔火，那么羞涩，面对
灯火织就梦幻沱江镇。过了这一程
激情不再。像火一样摇曳吧，为渔火
加几点渔火，哪怕鱼虾四处逃亡。

文庙桂花

八月的文庙。金银桂的浓香
像青春从幽禁里出逃。
老香樟，再不能以落叶的聘礼强压
年轻的乳房。廊坊里枯枝横亘。
再来一次乡试，王文公将跌落眼镜。
满地礼仪的碎叶。前庭里
无人讲道。导游小姐侃侃而谈。
毁了又建的文庙，彻底解构，
终未建成。不必建成，只需要
它的翘檐、宁静，它的琉璃瓦
富有规则而不刻板的弧度。
它的松柏呈现的庄严、肃穆。
它的庭院中独立的金桂、银桂：
像精整的对仗，相互顾盼。

铁笔斋变奏

鲜血喂养了青苔。铁笔斋。笔底
风云散去。花坛。石径。亭阁和树木。
水池和鱼虾。与正殿的巍峨
各自分离。小喇叭里沙哑的女声
建立词语的联系:小分头。过膝长袍。
上衣口袋的金笔。豆荚里的文言。
英格里西。民国三年四位青年
聚首理想,以“如椽”铁笔,改朱公祠
为铁笔斋。为真理各执一词。
除了诗,还有什么能发现真理?
争论至今没有结束:诗人们
在网络终端各说各话:新古典,
翻译体,或现实主义旗鼓重振。
一阵穿堂风卷走了沙沙响的落叶。

“湘西往事”

石径蜿蜒。绕你进梦里。
“湘西往事”的老墙，挂满空啤酒瓶。
往事，如蓝带之黝黑，如青岛之油绿，
如德国黑啤之浓郁？沱江醉了。
架子鼓和主持人催动，深冬涨着
三月的春潮：进一步被拦河坝加剧。
醉眼。花瓣。骰子的变化。蛇的蠕动。
小客栈的落水声。半夜里谁在嘶喊？
欲望的沱江。沉醉的时光。你看吊脚楼
晓窗映着明月，山阴落满白鸟。石墩
像省略号，写在沱江这一页书上。
赫拉克利特的流水？孔子的流水？
步态歪斜，咔嚓一声，沱江可否醒来？

沈从文墓地

舍弃了庸俗的形式：隆起。
并非刻意隐逸。隐逸于民俗，太久，
满身蜡染的靛蓝。翠翠默默不言。
开明书店销毁了他的著作。从中央公园的
草地，到北京城的女厕所，大街宽敞
却满布迷雾和深谷。拖着扫帚，
回不了故居：古巷，沱江，白塔，
万寿宫，雨后闪光的石板路。只有灵魂
归于南华山：她也来了，安徽名才女
长居杜田村。热烈的爱情，深邃的思索
全部天赋描述了此刻的“无”、“清幽”，
标识牌的绿箭头引领“凭吊”婉转，
调低了调门。一只斑鸠噗的拍翅，
树枝间降生了一场花雨。

土桥垅之魅

你前来开发山坡，不料遭遇阻碍：悬崖顶
立着一个影像，一手叉腰，一手拉开土匪
架势。挖掘机开进土桥垅，过菜地，越水沟，
至土地庙附近，噗一声熄了火。这猛兽
闻到了土司王的气息？入乡俗而循
马匹的登顶之道，你执意要以影子攻克
峰顶的影子——这里有多少山头曾被占领。
柏树寡居，坟茔塌陷，如今是一片空虚。
深谷的雾渐渐散去。你拨开荆榛，进入
声音的荨麻地：蜜蜂嗡嗡，草虫唧唧，地下
晓窗透出呢喃——这里是椪柑、红心猕猴桃
和美的产地。你两只瞳孔的快门咔嚓咔嚓
不足以捕获这观光客不能抵达的风光——但你
的确忘记了自身，仿佛被赋予了新的使命。

前世

你必须不断在巷子里出没，为青石板
再加点光亮，为吊脚楼临水的木格子花窗
镶嵌镜子的清澈，为城隍庙的冷寂
书写一行香烟的篆体。不，远不够——
拒绝和那杂沓的脚步说一个共同的词：异乡。
想象那拥挤的队伍为一位银匠送葬：忘了死
必不能看见“生”，不能看见民居的前世：蚂蚁
在沱江一个冲上岸的浪里沉浮、颠簸。
如今长出了翅膀，飞翔，却再无
栖息之地：任何角落都面临大象的脚掌。
且和那几个抚琴的瞎子坐一会儿，
词语唤醒手鼓的昏沉，记取姜糖的纹理
和色泽：弯弯的，要坠落，忽然从一只手上
直立身子如蛇：它洞晓流传的掌故。

社戏

天井里高悬的汽灯对远近的蛾子发出
邀请。变幻的织体,精湛的形式。
鸟笼灯怎么也不能模仿。祠堂里戏台
老寨主敲拐杖,磕磕磕击不出浪花。
偷情女子沉潭,泡沫消解了悲剧:
这个词,无论以什么样的表象
再不能唤起崇高、怜悯。胖乎乎的女导游
站前头,举着旗;接着是密集的人头
是过客;再后面是石缝里的虫子——它们
生死不辨,代际不明,仿佛人世永恒的看客。
雨水滚落旧屋顶,新时代只有肥皂剧。
天光清朗。泥地隐隐有草色。
厢房一只洋铁盆乒乒乓乓——犹如
无人的戏院空洞的回音。

熊希龄故居

故居是一台散了场的戏，只剩下
道具、戏服和布景。神龛。春凳。水缸。
老式雕花床。镜框的黑白照片。
一切都蒙上了时间的尘土。
橱窗里的手迹，有些发黄，布满皱痕。
苍蝇惊叹。院落喧哗。每一次驻足
可能穿越时空，竖起的耳朵看见
墙头常春藤仍挂着上联："栽数盆花，
探春秋消息"，堂前谁能应对？
池水不存，水缸无以应对星光。
泡桐枝无鸟应对蓝天。实有
无以应对虚无，只有一少年，
学长者模样，甩动长袖，仰天吟哦
而去："凿一池水，窥天地盈虚"。

木叶

凤凰每一片木叶都在等待一支歌，
只要你给它嘴唇、气息。你看树荫下
草地上的少女，面对河湾，
腮帮的振动如同音箱。小伙子们扬起
水花。水车，悠然转动：溢出的部分
闪亮如歌。田埂上的中年，回头，
露出隐隐的笑容。而屋檐下的老年人
止住了咳嗽，头顶烟雾幽蓝。
爱的种子，孕育了油菜地的盛典。
歌的抚慰，让那刚发丧的屋檐
减缓了雨水的湍急——核桃叶、桑叶
杨树叶，有着人性的筋脉和自然的色泽，
四季轮回，在轮回里永远守护着
人类柴米生活外的一个向度：朴素和美。

东门

东门撤了城防,杂沓的脚步
不再有铁的节奏:那整齐划一的刷刷
演绎意志,不能入诗。它们也不能:
音符散乱,四处攀爬、窥看,不能集中
上城墙头脸谱的五线。导游不是头领,
团队无异散客。仿佛解放区:没有
旗帜或旗帜根本不能作为一个意象。
声音的公交车隆隆驶过空中,瓦檐上
积雪盖住落叶。深夜的酒吧。微信摇来
“部队”,两只啤酒碰出肉体的火花,
骰子刷刷全无节奏。不用猜度了。且
借东门,筑城防,为娃娃鱼夜晚可以
喊出悲痛,或让沱江河的月亮
不被饮料盒、空水瓶或烤肉签淹没。

手艺

你坚持说:“语言是思想淬炼的结果”。
该怎么和你说呢?且看这黯淡的屋子里
杨师傅是如何打造银饰。不断拉动
小风箱,炭火的红光使他的脸忽明
忽暗。不必说了,看这叮叮当当里
有诗的节奏。长期的敲打、触摸。银锭
有了温度、感觉,有了可塑的形态
光亮。不再冷硬,在火里的流动
有它自己的形态,老匠人只需划定
边界,以一种力度适当的敲打敲定
它的形象。锉刀的雕琢不过是进一步
修饰。蝴蝶或牛角,诞生了,它们有着
古老的河姆渡气息和老师傅的想象。
而语言,你还说它是思想淬炼的结果吗?

砧声

河边的妇女锤捣衣物。微微偏头，腰身
起伏，节奏鲜明的动作，悠远的砧声
咚，咚——一行白鹭飞过，落向下游的龙潭。
当它浊重时，是外出的男人迟迟
没有消息？激越时刻，谁家女子将新婚
或男人走了野？一锤一锤，如诗人
敲打词语，敲掉沉余，打醒它
昏沉的记忆；如西绪福斯推动石头上山
一步一步；如一个女子的娇羞，
挥动恼怒的拳头。这敲打，这砧声，
没有赶跑麻雀，止住了远远的石墩上
歪斜的姿势，异乡的耳朵开启了古今的
通道。粼粼河水之上，阳光透过树枝，
送来这旅途一日的黄金。

风景之外

风景之外是本地话，出租车，夜宵摊，
大转盘附近的植物、盆栽和待诏临时工。
沱江市场的臭水沟：因时间而发黑，
因生活的粗鄙而油滑。在凤凰写一首诗
你不能以爽肤水滋润河边的枯柳，或以
美的黄油涂抹冒烟的轴承。斜坡上细雪
晶莹。词语一不小心就打滑。惊奇和美
不属于方言：它退到了柜台后或成为
“欲望街车”制片人。蟹在远远的地方
上岸，在小径或酒桌上横行，尽管八只脚
发红，露出白癜风。“土匪”出场
以方言晦涩的形式。但语言深入酒里
大为惊奇：坚硬的牙齿后有舌头的灵动：
柔软而殷红。至为温暖的景点。

记忆或现实

记忆或现实推动他，像一只钟摆
摆动在阿拉和凤凰城
莫家坪和沱江镇、南华门和万寿宫之间。
烟雨山峦，隐隐有升迁之道
孤雁水色，寂寂无毁誉之身
忽一日大雪，他扶住偶然摇曳之少妇
一路歪斜，深一脚浅一脚。沙沙声轻盈
时间碎裂。直到她消失在河畔民居，
转身之际，猛回头推开一半门，斜支着
探身喊，“喂，十几年前我带一外地朋友
来你家住过。”黯淡的房间。隐约
闪光的天井。没有回应。没有曾经的少女。
只听见门吱吱嘎嘎像铡刀铡夜草。
再回首，一群雪花扑面而来。

失踪者

在凤凰你找不到“我”。他是失踪者
隐遁于摩西酒吧民谣的晦色，还是纵欲于
“往事如风”江南 style 的颠簸？
你不会知道。昨天你们在西门停车场撞上，
你得到一脸疲惫的笑容。
“好吗？”。“还好”。一阵风吹动
枯柳。水边几个穿校服的孩子
低头搅水。那其中可有搅水姑娘？
你找到“我”，几乎是神迹：在官庄，
一个孩子领你穿山径、钻树林
进入一间柴屋。他果然在那：斜躺于
长凳之上，嘴巴张开代替大肚子酒壶
接着竹筒。那新酿的米酒，带着烟雾和
柴火的劈啪，深入一个人的内心。

缅怀

有些累了。他开始怀念
一块土地的前身:处于河湾,面临
流淌的沱江。春上绿毯绣满了碎花,
绿蚂蚱停在新叶上,摇晃,忽的跳远。
远去的,不只是机动船:啪啪啪啪吐着
浓烟。啊,新客栈,压碎了鹌鹑蛋。
“你确认这地方曾经有蛇?”。“岂止蛇”。
还有他的初恋、他的忧伤。
积雪夹住的枯草,是否还能发出风声?
噗的一声,一只灰斑鸠飞出。
仿佛为之呼应,他哗的一声滑下石阶。
年龄到此步步惊心:雪被踩出的窟窿
边缘如蕾丝,薄冰碎裂如年华。啊,走吧
明春,芦苇又会抽出新芽。

红心猕猴桃

他当然知道什么地方的红心猕猴桃
最好吃。一片向阳的山岭，刚好沐浴在
早晨的曙光里。像只猴子，他远远
走在前面。你歇步，扶膝，喘息。
从伸进绿蓬的手递来的果实
呈鸡蛋型，猕猴色的皮肤透出绿意，
没有了绒毛，仿佛猿猴经过了进化。
硬硬的——他说的不错——离开了树枝
一夜之间，软了，熟了，就像这凤凰
方圆几百里村庄的少女，进入凤凰城，
一夜之间，软了，熟了。一刀切开
像打开的河蚌装满了绿色的肉，
正中，两抹嫣红，像敞开的心房，
像深夜酒店少女贱卖的贞操。

凉亭和内阁

住久了，你对古城渐渐
失去兴趣，更喜欢爬南华山。半山有凉亭
迎接你的喘息。清风。明月。林涛。
偶然一声啾啾。在暗处你看得更清楚：
欲火烤炙的沱江，暗影交织的内阁——
它永远在变化。你必须不断以糖去中和它
深海般盐的苦涩。加点糖，再加点，
满手残留。弄脏了身子，夜里灯下，以湿毛巾
擦这牛皮糖似的糖。啊这内阁不守恒：
是两岸山头夹击加剧了沱江的湍急？
还是沱江的湍急加剧它的变化？这内阁，
封闭而神秘，充满江底石头搏击的回声。
谁能开启一扇窗，为那深耕黑暗的人
延请几片瓦蓝、星光？

麻石寨

旅行指南之外，你跟着他的脚步
进入石板垒就的寨子。细雨中白蜡树
从墙内伸出枝丫。仿佛一个被囚禁的灵魂
爬到墙头，卡住了。石径无人。凿痕水亮。
院落里是巨大的空寂。他听见
虾米从山溪方向爬来，在石房子间穿行
如蜜蜂涌进三月的油菜地。而你看见
一个木制箭头赫然写着“地牢”——这里
莫非是一个生锈的国家机器，或消逝的帝国
微缩的图景？一片虚无中你的耳朵开始
恍惚：半山响起牛角声，大地深处
传来嘤嘤哭泣。寨子尽头是连绵的山峦和
南长城。没有烽烟。男女几个在芦笙场
烤柴火。小卖部。淡季的沮丧。

地址

他们的地址，向半山撤移。
就像远古黄帝大战蚩尤，蚩尤的部下
沿着水路逃进深山，在半坡安身。
屋内，凭窗可见秋天南华山一片苍绿
有了块块绚烂。那低地的民居
像一件件遗物，让外乡人反复翻看。
邮递员频频低头或抬头核地址，
婉转于陡峭石径。被突然从门后窜出的狗
惊吓，远不止他：每一个词语探寻源头
都可能遭遇惊险。一个很久没有
上街的老人临终，只一句遗言：
“我想死到老房子里”。低沉的嗓音，
颤抖的门牌。雕花窗。美人靠。灯笼。
老玉米。门上倒贴的“福”。

斗牛场

小草至今没有缝合低地的伤口：
当四只牛角砰的一声接火，那蹄子
像犁铧吱吱吱吱犁进大地的骨头。
四周的阶梯看台——曾经是松木横杠
后来是水泥板——从那里发出的欢呼
从来就是一样的“好啊”。而你
忽然发觉它像一个敞开的审讯室或
一场万人批斗会，除了对峙的尖锐，
所有的柔美破碎了。看客中永远没有
沉默者。离去以后，很久，这里仍是
绯红的眼睛，无焰的火焰。而此时
你的沉吟里，松林呢喃，野鸡扑闪，
灌木上带花纹的羽毛，召唤着
人性：并受洗于徐徐淌过的清风。

奇梁洞

母性的冷暖自如。子宫的宁静。
游客在惊讶中进入自在,进入
四季之外。轻轻的发声。深刻的响应。
词语在源头得到了激励,行动轨迹
轻灵起来。石笋上,滴水晶莹,激起
深远的涟漪:这是偶然的、自发的
涌现。你不再对世界充满恐惧和疑虑
不像马拉巴拉山洞那个印度医生
惶恐中一次次被"摩尔太太"的回声
击溃——彻底脱掉了喧嚣的袍子
进入腹语。千万年以来的钟乳石,
人类眼泪的雕塑。你也发现生命
幽深的境界:语言的光,微弱
擦亮的每一处,都是奇观。

烧香

傍晚。你去古城。临下游一个拐角
土地庙前,几个老年妇女合掌默祷,
身后是汹涌的人流和外地口音的嘈杂。
她们微闭着眼,从香烟袅袅的路径
攀升,进入另一个景点——通向
安宁的沿途风景,没有陌生和恐惧,
充满了清风的抚慰。你不难想象
这些苍老的身体里陈放着生动的形象:
战死的兄长或批垮的丈夫;汉阳枪
或大铁锅。没有谁关注她们的神秘。
而你短暂驻足,过江之鲫纷纷
化作白雾,水中央的树枝迎来蜻蜓
和云影:它们枯萎了,却有着清晰的
轮廓。根,深深扎进虔诚和善。

隐喻

像一束炫目的光，扫尽了你
审美的疲乏：她立在你孤舟一端，
笑吟吟，荷叶短裙盖着黑丝袜
从另一个季节，伸手搭上你的肩膀。
青山摇晃，水光闪烁，你不自觉
上前，靠近，被她押寨夫人的气息牵引。
是圆圆，不是翠翠，从晚清到民国，
阅尽人间风情，所到之处
草木归顺，船舷直立，梦纷纷落水。
爬上来，甩着水：你，你们
依然笃信幻觉。她再没有出现，消失在
隐秘生活的床榻。像一个绯闻不断
从垮塌声中传来。终于醒来，你不再
执迷于一个妲己翻版的词。

秤杆上的星

码头边。一个男人手提着秤
秤钩挂着一编织袋鱼。他微微仰着
身子，尽力控制鱼的挣扎和秤的摇晃。
旁边是期待和疑虑：一个女人和
另一个男人。而你想起了另外一幕：
一个嫌犯被挂在铁门上：在吼叫，
但你看不见秤的摆动和掌秤人的神情。
砰的一声，一袋鱼落地。男人和女人的脸
出现了涟漪：朝着前面的江水延伸：
停泊的船。青山一角。渐渐散去的早雾。
从秤杆上跌落的词获得了拯救——
一口气松弛下来，从这杆秤实现
稳固平衡的一刻。此刻秤杆上的银星
亮过天边正在消隐的晨星。

苗王寨

苗王死了。总兵营撤了。留下山江
布满皱纹的水库。蛤蟆洞竟夜
寂寂。月亮升起，没有了秧田的欢呼。
制片人来了。导演，演员，摄像
大肆掠夺收割之后的寂静：
那寂静的牛角呜呜、芦笙嘟嘟。
镜头对准银饰、米酒和惊奇的脸。
向古老的习俗订货，却不在“打猪”之夜
保持缄默；不在篝火的劈啪里收敛
“吃肉”的秋波。重新命名古老的事物：
拦门酒，还傩愿，接龙。除了热烈，
庄严和敬畏荡然无存。而鳌头上的光
跌进池水：无声无息：没有猛虎的
咆哮，也没有肌腱的铜亮。

民谣歌手

在印宅，他每天抱着吉他
从暗淡的灯影不时伸长脖子，嘴唇
凑近麦克风。他的所有的时间
有了律动，五百年沱江水汩汩回流
有了全新的形式。音符的烧瓶装着
红砂条砖上的喧嚣和烟尘
东门城楼里的剑光和笑声。
没有激烈的鼓泡。一一得到了中和。
沉静，轻盈，感伤而不放纵
像一个母亲抱着孩子
诉说着老凤凰的前世今生。
掌声响起前，他是音乐和语言的国度
民主的国王，看似睡去却不时睁开眼睛：
深影里隐现粼粼波光。

社饭

因为新亡人,因为最新隆起的土堆,
清明雨前,他们抬着大铁锅上山
像远古的刀耕火种:垒灶台,烧柴火。
绿枝冒着透明的油,吱吱作响。
野蒿的绿,花生米的酱紫,火腿肠的水红
混合白米的白,构成一锅朴素的奢华。
此时秩序,不同于往日。流泪的流泪,
斗地主的斗地主,砍柴和烧火
自然分工。你也去了。外省进入凤凰本土
习俗的核心。你和他在草地打通了气息。
隔年春天你参加他的葬仪,松树上
画眉啾啾,顿时是全然不同的意味,
雨水沿着松针垂落,仿佛睫毛上的眼泪。
水沟边仆倒的栀子,夺目地白。

傩戏

“是谁把一个襁褓扔在这草窝里啊”
哐咚咚,哐咚咚哐咚哐咚哐
“哦这村子里来了场瘟疫啊——”
哐咚咚,哐咚咚哐咚哐咚哐
“荒野上猛虎在啃食他们的血肉啊”
哐咚咚,哐咚咚哐咚哐咚哐
“我一个少女身,如何喂养这孩子啊”
哐咚咚,哐咚咚哐咚哐咚哐
“米市的张恶霸,有一颗虎狼心啊。”
哐咚咚,哐咚咚哐咚哐咚哐
“陈家祠堂有榆树的凉荫啊噢啊”
哐咚咚,哐咚咚哐咚哐咚哐
“啊这些无人抚慰的灵魂啊噢啊”
哐咚咚,哐咚咚哐咚哐咚哐

沱江，沱江

傍晚沱江，水声仿佛明亮的火焰。
小河灯开启慈航。她不是使者——
卖花小女孩，脸蛋黢黑、牙齿雪白。
她今夜也不是。城墙上吉他男孩
一半在旋律中，一半在火焰里。
凤凰的寂静在火焰里劈啪作响：
那对岸寂静的一声“翠翠”啊。
木桥上凉风穿透孤独。而你只有
闪烁不定的倒影。坐着，像一只
搁浅的船。所有的船载着欢声远去，
一场场往事重现？谁今夜纵身一跃
惊出一窗蛾子。河蚌紧绷身子。
秒针中规中矩的走动，如许震颤
一如灯火里不眠的沱江。沱江。

2012—12
2013—1
2013—9 改定

第三辑　在罗城仫佬族自治县看守所

传讯

落座之时桌子上放了一杯水，
桌子倾斜它依然保持一个平面。
呼啸的陀螺。是啪啪的抽打声
维持了中心那个看似不动的点？

动荡的船，剧烈摇晃，
四周是波涛咆哮，
中央一片孤零零的白帆颤抖。

眩晕的弧。遇冷烟花。空白格。
风暴眼：一根高耸的桅杆。

2013—6—24

告密

我们的时代已经不兴写信。
写微博，摇微信，上 Q 或 email。
邮筒的投递口，一张裂开的嘴，
饥渴只能从另一类信件得到
餍足。轻轻一声嗤，一封一炼狱：
古老的手段，是源于中国唐朝
武则天时期的梦魇，鼎盛于俄罗斯
白银时代的霉点，还是滥觞于
枕边人也疯狂的“文革”？
像行道树一样翠绿，那缝隙
从来没有透出光线和声音：
寂静被邮递员打破，类似一次
放风。锁头瞬即卡向锁眼：里面
一切又归于空虚。清洁工俯身
擦那上面的污渍，擦不到缝隙
深处。这些含着暗火的信件
盖着“正义”的邮戳，永远
不能寄往真理的邮局。

2013—7—5

程序

打开车门、柜子、抽屉，
摸出皮夹、手机、纸条，
脱掉皮鞋、皮带、内裤：
阴茎比本人更觉羞辱。

光身，抱头，面对十二月的墙壁
担心口袋里香烟败露和后背
突然落下军棍：一个文身的后背
每月发出一阵木杵捶打湿衣的声音，
大脑，随后丧失了指挥权。

对着岗楼连喊三声报告
仍不放行再大声——
蹲下，起立，再喊——报告！
推去葱茏的头发像推土
画押。画押。画押

轨道上空抖动着“羞辱”的绞索。
丰富的形式，清醒的沉默，
像大理石的雕刻一样确实，
像手印一样鲜明。

2013—7—8

恶之花

小妖光着身子，阴茎耷拉，摇晃
阴囊像倒空的布袋。
它的“悠闲自得”是一种表象。
下午六点，光线渐渐昏暗，
走廊里拖来了垃圾车。
他抱起垃圾桶冲向门口。
垃圾车的边沿发出磕磕的声音。
一只手伸进垃圾——
一只注射器在落日的余光里一闪。
我下意识避在远远的墙角，
心因一阵虚无的阴风而震颤。
淤紫的脚干又增加一个针孔。
眼皮颤抖，世界寂静，仿佛将死的人
到达了出世时刻。
可他偷了母亲的戒指，卖了父亲的牛，
在邻居门口踌躇再三最终
盗走了树荫下的摩托车——
终要入世，像一幅锁链拖在风场上
曳出深深的痕迹。
耗尽了他的青春、爱和人性的后院，
一片罂粟花瑟瑟摇曳。

2013—7—11

暴雨

七月持续暴雨，卡玛河
挣脱囚禁，推倒了大片甘蔗和房屋，
雷声如咆哮，闪电像太阳筋鼓起，
暴君的鞭子抽打万物。

只有暴君可拥有如此不可计数的鞭子。
只有树木能接受如此极限的摇晃。

钢枪在岗楼上闪光。
囚徒们得到短暂“休憩”
却受到室内不断浓郁的臭气折磨。
“唯物主义”鼻子，顺从了它的存在
也相信内心的焦灼不过是它的反映。
其实不过阿基米德定律一个实例：
室外上涨的水位使化粪池的气味折回。
但那是一个人的举动告诉我们的：
（命运和苦难让他学会了怀疑）
从通铺上跃出，走到厕所边，打开龙头——

这里每个人都需要一个内心的“水封”。
哪里我们都需要一个精神的“水封”。

2013—7—22

空白

被会议、电话、应酬空出来
被董事长、父亲、丈夫空出来
被荣誉、财富、自由空出来
被河流、池塘、树林空出来
被傍晚的月亮空出来——月亮
被拦在高窗之外

像一把琴闲挂在墙角
风都不能去弹奏，
像一把剑跌落深井，等着生锈，
像一间空置的房子只有若隐若无的呜呜
没有蟑螂、蚂蚁、蜘蛛或蟋蟀

傍晚放风的队列走成一个圈——
由空出来的嫌疑人和罪组成，
我看见了“空白”，像火焰中的一个0

不是老虎被驱赶着从那里窜出来：
一片革命性的灰烬在孕育。

2013—7—26

自由

直到房间突然缩小
铁门和电网加以限制
我才看见自由。并非抽象的东西

就是窗外的云彩、绿树、大街或房顶
就是咖啡厅的闲聊、湖边的漫步
在一盏台灯下打开任意一本书
就是随手关起门上厕所
或一个人默默喝茶

就是一只鸥鸟在灯塔上空盘旋
一只野蜜蜂栽进六月旋覆花的深蕊
一个人在大街上，边走边打电话
或在池塘边高声召唤妻女看鱼

自由来自于限制。
地平线辽阔，仿佛限制不存在。
当我不再理会落日或朝霞
忘了自由的存在，
无限忽然缩小为几个平方米的苦难。

月到中天，你若看我：
一只青蛙蹲在深井，仰望的脸
打满了田字格子。

2013—8—2

悲痛

他扑在那里，像一滩淤泥
从墙上缓缓下坠，
是拖着地下满载煤炭的绞车力不能胜
还是用力过猛锄头脱手身体失衡？

他的肩膀起伏，慢慢有了声音
是从泥塘深处翻上来的泡沫的碎裂声
是万籁俱寂的夜晚树枝突然的喧哗声
是鱼刺哽住喉咙，唯余呜呜

他和村民一起“妨碍外资”而获罪。
前夜释放的嫂子，在回去的小路上
跳进了村口的深井；这一天下午
检察官带来了母亲的死讯。

阴暗墙角一团蠕动的声音
让我获得了“偏知”的视角：
当他向悲痛下坠，某个大饭店的吊灯下
“正义”和“法”的酒杯正在举起。

2013—8—3

词语

词语必须深入根系的黑暗，挖出
泉水里的刀片，腐败肢体的虫。

这里的事物青筋毕露。一首诗
怎么能不力求形象清晰、语言精确？

傍晚，从虚妄的小镇抓来一个人犯
倒如劈柴，满身鲜血的红，刺青的青

胸膛的起伏有着鲜明的节奏
呼吸重浊，气息浓烈得像虚构

无形中有了结构：空间逼仄，引发时间
大战，现在的箭射向过去的靶子

过去的泉水，从字句的缝隙涌出
越是来自黑暗，越是清凉甘洌。

2011—1—6
2013—8—6 修改

暗室

暗室。一口撤去了柴火的锅
铁壁上灵魂煎熬的嗞嗞声
没有留下任何痕迹，一桶桶水
冲走了淤积的血迹。

阴影下的人神色冷峻，他们头上的墙壁
悬挂着专制者，目光锐利

一个又一个时代过去了。他们
消失在历史的森林深处。
今夜我走进这扇门，随着铁栓一响
一些词语的表情无声归来
落座对面，打开笔记本。瞬间
黑暗露出牙齿。

滚烫的大铁锅，蒸煮的竹篾失去
青翠，却更柔韧。

2011—1—7
2013—8—7

锁链

傍晚。长沙某小区。一只狗
拖着链子窸窸索索的声响，
时而嗅嗅花草，时而
舔舔女主人蕾丝的裙边。

他也拖着链子，在罗城看守所
在第五监舍的风场。他的主人是死神。
昂起头，他不再看人世，
不再像刀上脖子的狗汪汪叫。
唱着眷恋故乡的歌谣：
“秋风凉，秋风凉，秋风送我
上刑场。站在山冈上，何时能见
白发的爹娘”。

锚链解开了。哗的一声
一叶轻舟飘向了黑夜的水域。

2011—1—8
2013—8—8 修改

启迪

“被两只铐子吊起
经受两天一夜，我听见皮肤
发出轻微的撕裂声和骨头
清脆的咯咯声，
我知道对那架在椅子上呈弓形的腿
和挥舞的拳头
唯有保持沉默，但沉默
又显然不够——我圆瞪双眼
瞪着一双时而冒火时而荡漾的眼睛
瞪着。瞪着。瞪着
那双变幻的眼睛，终于像一张纸
被聚焦的太阳光烧穿……”

仿佛一个胜利者的归来演讲。
但他没有什么可骄傲的。
罪堆积的垃圾。手腕上的淤紫
一个下午吸引着我的目光——
现在离开他四年了，忘了他的名字、面容，
我却发现垃圾，也生长诗歌，
就像牛粪长出牛蒡花。

不说怒目圆瞪，只管深情凝视——让词语，
现象的外壳自会裂开。

2013—8—10

台阶

三道铁门。一片空旷地。
早晨的岗楼。刺刀挑着旭日的光芒。
两个人的行走，轻轻的脚步声。
他穿着制服，我带着手铐——“我们”
来自一个国家，操着相同的语言，
口音不同，充其量有些地域差别，
走上台阶他冷冷地说一句
“走下面”。下面是泥泞、杂草和苦难，
是沙粒、水洼和侮辱。
我想起电影里那个头发斑白的老人
被荷枪的纳粹赶下人行道
眼睛里蓝色的忧伤，闪烁在短暂的回眸之间。
在波兰，在中国，
在人类每一个国家的历史上，
修筑的台阶——无论用大理石、花岗岩
或混凝土，没有这样的初衷。
一道突出的界线，划出两个不同的世界。
语言，不需要这样的台阶。
至多是一道低矮的树篱
让某个区域趋于宁静，紫薇和地丁
自在地开花——今天我和女儿
走在雨后的黄泥街，她总是跳下台阶
去踩那些闪光的积水，
而对于我，人行道每一块透水砖的响声
都带来了愉悦和幸福。

2013—8—12

窥视孔

铁门上一个小方孔，带着盖板。
盖板推开以前，它和铁板
除了有一点缝隙，看不出两样。
铁门内，犯人在聊天或吃饭。
也不知道它什么时候会露出
一双怀疑的眼睛。有时候塞进
一封信或一个记账的小钱本。
一块红炭扔进雪地，没有烟，
只有热气、吱吱声和泪水。
而当你从那里走出来，大地于你
犹如天空之于飞鸟，没有了限制。
可你再也不能消除它的存在：
不论小鸟啼鸣的早晨，露珠晶亮
还是清风吹拂，明月降临的夜晚。
换了形式，不再铁板嵌着眼
而是深蓝的天空开启了星星。

2013—4—6

刑法的精确和数学的模糊

在刑法的精确和它的空旷地带，
数学，失去了逻辑。
而在风场，一张缝合的嘴巴仅剩不到一公分的口子
发出了比峡谷更辽远的悲伤。

2011—1—7
2013—8—13 修改

国家

初识于小学课本，一个大词
像雾中朦胧的光亮、城市密集的屋顶
大地上陌生的村野。
抽象，却依然赢得作文赞美。
在罗城，它不再空泛：
手铐，监狱，警察，哨兵，律令
无不彰显它的存在。手铐冰冷，监狱森严。
我也想起曾经到过许多地方：
蔚蓝的厦门海湾，辽阔的东北平原
北京或上海，杭州或成都。
长江的沙鸥或黄河的号子
通过船甲板或音乐厅，激起浪花。
五星红旗冉冉上升，多次让我流泪。
没去过西藏，见过晴空下的雪山、经幡。
没去过新疆，吃过吐鲁番葡萄，钟情天山民歌。
在贵州和广西长期滞留，我也多次
遣词造句，赞美苗乡侗寨的纯朴，
把宜柳高速缓缓迎来的群山
喻为“锯齿形的花边”、“手拉手的兄弟”。
来自宜州的一位检察官说：
“你在这里没有根……”。
我仿佛从睡梦醒来，猛然看见
龙江两岸的古榕根系已经转基因
延展于市井，凤尾竹低垂，
十万大山轰然坍塌——
当尘埃和废墟落定，我出落得

更像一个人:以新生的目光打量这个词
如此具体,是我降生的茅坪陈村,
是灵魂附体的爱情,是老父亲在后院
一阵剧烈的咳嗽声。

2013—8—15

“药店的球状山莓朝着落雪闪光”①

“药店的球状山莓朝着落雪闪光。”
红砖在一麻袋红花的底部像个打坐的菩萨。
没有谁监禁我。这更像个药店。
是自身长出了电网、岗楼、铁窗。
在这里，我能更清楚地看见恒河的夕烟，
甘地的声音衰微，从来没有这样接近。
非洲草原羚羊奔跑，罗本岛海水幽蓝，
曼德拉头发雪白，眼睛发亮。
相对索尔仁尼琴拥挤在一平方米十人的空间，
我没有理由再呼吸急促。
空间的狭窄挤开了语言的维度。
曼德尔施塔姆来了。大师，你就要启程去喀山
能否不再沉思，帮我斟酌几个词？
“五十二对木浆斜斜地插入水中”。②

2011—1—6
2013—8—16 修改

---

① 引自曼德尔施塔姆《1924 年 1 月 1 日》，杨子译。
② 引自曼德尔施塔姆《卡玛河岸已是如此昏暗》，杨子译。

沉重而轻盈的姐妹

沉重而轻盈的姐妹
分坐桌子的两边，
桌子摇晃，她们不断弯腰
用“良知”的纸片将它垫稳。

任何一个缺席都会导致
桌子倾斜，命运逆转。
茶杯和水果的宁静被打破，
再也制止不了雪崩般的混乱。

沉重不是因为三十斤的脚镣，
不是因为子弹即将穿过
一个罪犯的胸膛，而是往托盘
加最后一个砝码的手势。

你的篮子装满罪名，她也并非
空手而坐。然而你只能从她的沉重
获取轻盈。也只有你的轻盈
是她裙裾飞旋的秘密。

2013—8—18

蚂蚁

除了恐惧，忐忑，这里更多是
要命的无聊，每个人都是
一个无聊之王，没有半个妃子。
一支烟有着众多的排解通道。
一丝一缕都含有蔚蓝的空心。
突然爆发的肉搏战也许并非源于
一个对另一个不顺眼。
某一个在通铺上奔跑，脱下裤子
阴茎跳跃——自我的笑声也没有
任何回声。滚烫的稀饭起了皱。
制纸牌，编牢歌，在每一个“新兵”
砸入死水的涟漪消散后，所有眼睛
盯着一队蚂蚁。蚂蚁，沿着门框
铁窗爬行，爬过高处的电网，爬向
高墙外的旷野。蚂蚁

2013—8—20

这里是岩层

这里是岩层，赤裸，坚硬
没有野蕨装饰，也没有松枝摇曳。
坚硬，赤裸。根须从缝隙吊出
悬空漂浮，随风颤栗。

每一个人都经历了地震。
每一颗心都接受了绝望的教育。
在这里修辞没有用武之地，
要么以石相击，要么对峙如悬崖。

但是干涸的岩层暗涌着流水声
如夜半的叹息，如黎明前的清风。

2011—1—20
2013—8—20 改

最后的时辰

谁能在一堆灰烬中摸出
童年的无花果枝？傍晚，落日轻轻吻着
山峦的前额。紧闭的眼皮
微微颤栗。不，他早已死去。

不要动他。那火光暗下去的红
生出了白。让他最后保留一会儿
婴儿的形态。他曾经使宇宙坚硬的身体
获得了细雪的轻盈。

2011—1—9
2013—8—29

四把谣

要玩耍，去四把。
街头成群结队走过
头发时尚的青年。
美容店门口的黄昏
渲染少女粉红的笑容。
菜市场黑黝黝的水槽
鱼儿吐着水花，
不知大祸将临。

要玩耍，去四把，
撩开美容院的面纱。
打着喷香的油茶。
啤酒沫淹没夜市的嘴巴。
一个念头不转把命搭，
一个文身青年倒下，
身体上数把尖刀颤抖，
满身的鲜血涂鸦。

要玩耍，去四把，
那里是“睡美人”的家。
剑江葡萄挂满枝，
脐橙金黄，像小妹的大乳房。
欲望洞开地狱之门，
每天都有人犯掉下，
伤口满是破碎的人性，
还有哀伤欲绝的母亲。

要玩耍，去四把，
那里是“睡美人”的家。

2011—5—6
2013—9—2 修改

声音

隔壁修理工夜晚打墙的声音
听上去越来越像破茧，
或拯救。

窗外的鸟鸣已经无关痛痒。

“由于一只鹰的叫声
整个峡谷伤到了骨头”。

2011—4—6
2013—9—6 改

在动物园看人

当你被推下动物园的围栏，
会立刻感到危机四伏。
双手抱紧身子，紧张地注视四周。

站在铁网隔开一层楼高的走廊上的
是看守或者“游人”。动物们靠近我
只是表现出短暂的兴奋。

更多是假寐、倦懒，迷惘的张望。
偶尔突然咆哮或猛烈打斗。
秋风刮过茅草，一片锁链的窸索声。

而当爱到来，以母亲的脸或一封
情人来信的形式，铁栅消失，毛皮崩溃，
我看见老虎也露出属于人的本性。

2013—9—4

月全食续记

我在看守所经历了那次月全食。
大约是傍晚，大家从来没有这样
聚在一起——要么列队，要么散乱——
那时，聚成一团，共看小块天空——
相对于其他人站在楼顶或广场，
天空小了，好在靠墙的一个点
仍可以看到：月亮，像一张荷叶
被啃食，慢慢的，直至一片昏暗。
没有碎末。一场虚无的演出。
也许楼顶和广场爆发了阵阵欢呼，
随后人群散去。我们没有分散，
沉默中，保持一会儿仰望的姿势：
每个人都看见了自己的命运。

2013—9—5

缓慢的时间

时间缓慢不是钟表亏电，
不是河流充满了工业垃圾变得黏稠，
不是父亲在黑暗的窑洞深处
弓身拖着不断向筬篓堆过来的煤，
不是小时候盼过年，懊恼花谢得那么慢
雪在天空迟迟不下来，
不是表弟在城市最新的楼层上
推着满斗车混凝土：直到天明：
现浇楼板要求避免施工缝。

在罗城，在看守所第五监舍，
时间，不是因为沉重或饥荒而缓慢，
自身失去了一切事物的要求，
生命被彻底腾出：空，一口池塘被抽干
不断地被更沉重的事物充盈。
强烈的饥渴，折磨着灵魂。
一切都虚幻起来：荣誉，财富，享乐
丧失了存在的根基，如同幻象
在缓慢中：一塘莲蓬摇曳。

2013—9—6

法

雪从天空撒下网。
谁也无法逃脱。

一粒雪子来到窗台，隔着
坚固的铁栅。
谁都明白它的冷峻和力量。

可是我们很少注意它的融化：
闪闪发亮，正当阳光照射，
温暖和寒意交织的时刻。

2013—9—8

“关于坟墓是如何训练驼背”的注解

“疯子”说，十年前在英山监狱
他被关了一个月猪笼：一个直径一米
长约两米的铁笼，容纳着他的身体
他的吃喝拉撒、臭气和骨头的咯咯声，
所有的直线弯曲的过程。
出来那天正值母亲来探望，
他洗澡不到一半驮着背走出去——
一枚落满灰尘的炸弹
炸开了悲伤的堤坝。

沃罗涅日。曼德尔施塔姆写下
献给无名士兵的挽歌。在罗城
我发现他的诗撒了“谎”——
一个十六岁的男孩进来一个月
对自由的焦渴使他渐渐夜不成寐
也再无心做工。他说，宁肯做一回
“钢铁战士”。“考验”到来：一副脚镣
一只手铐，手铐和脚镣之间连着
10 公分的铁链——10 公分

这才是“坟墓如何训练驼背”：不是
在战壕：那朝着星空开放的英雄阵地。

2013—9—5

寂静

一只麻雀从透气窗飞进监舍。
空中没有落脚的地方，
比如房梁或花窗什么的，
它自在地飞翔。飞一会儿
又从来处飞回了蓝天，
撒下几声啾啾。

仿佛几粒明矾
落进了混沌的杯水。

一片早晨的、肉体的寂静。

2013—9—7

囚徒之夜

铁锤收工以后，
剩下沉默的铁墩和一堆
杂乱的铁条，铁屑
在明晃晃的黑暗中露出
斑斓的色彩，像没有珍珠
晒得发白的贝壳。
绝望是无边的夜海，
后半夜不眠的眼睛
像一场海难折断的帆
浮在海面，饱含盐分。
但如果一缕风吹拂，贝壳
贝壳仍会发出大海的声音。

2013—9—5

词语的坠落

坠落，除了对深渊的恐惧
绝望，还有对自由的深刻体察：
绝对的自由，只属于
熟透的野栗子，或蛇莓。

词语需要这样的下沉：
在凌厉的风声和世界
变幻的断面之间，仿佛被强制
进入空无之境。

高处专心走钢丝的人
仗着平衡术，怀揣着另一端
峰顶的荣耀和群山的欢呼，
仿佛深渊从来就不存在。

词语坠落处，水珠滚圆。

2013—9—10

无题

时代给我一架梯子，
他们从后面把它搬空。
当我再次爬起，朝着高处攀登，
世界的景观已经全然不同。

2013—9—3

秩序

罗城看守所的一日三餐
从铁门下部一个口子塞进来。
不贴着门缝，看不见餐车
也看不见送餐人的脸。
两行队列很快散成几堆。
我想起在济南。泉城广场。
一个灰色的塔式鸽子楼，
每一个圆孔站着一只鸽子。
一群人一排儿趴着不锈钢栏杆
喂食。他们的背影和鸽子
姿势不一，却十分安详

一种井然而参差的秩序。

2013—9—4

镜中

女囚因为酷暑而敞开
赤裸的身体。这以她的沉闷、绝望
反复擦拭的镜子。

她的光芒穿透铁笼，又在时间的损耗中
进入植物的宁静。像孔雀开屏
不再理会掌声。

对于镜面的微凸，我们以暗室的语言
去对付。可金刚钻
不能予其冷漠，丝毫伤害。

因不平而映出狱卒中风的嘴
干部电源接触不良的怪音，和那些
顺“势”而来的偷窥者荡漾不已的倒影。

唯母亲的脸出现，她破碎了。
她从铁栅的死寂破镜而去，得到
片刻的获救，又不得不返回。

2010—1—5 写
2011—4—2 改
2013—9—5 改定

边缘或中心

书架上一册薄薄的《刑法》
夹在众多的文学经典中间
像桂北大地上的罗城看守所
耸立在城郊无人的边缘。
枯燥，刻板，冷硬。我很难
细读一个章节。更多流连于
文学大师的内心。它的冷遇
犹如黑夜的高墙围着烧得
发白的炉膛。当我有一天
打开它，铁门哐当一声。
一部史诗的漩涡。每个人
都是一部《罪与罚》。命运
激活了《刑法》每一个条款
每一个字。字字力道千钧，
简洁，直接，甚于马拉美
或卡瓦菲斯。词语的活生生
浓缩的人生。夜深了我还在
细读。那些不读书的家伙
闭着眼睛，倒背如流，就像
背诵他们的宿命。而某一页
淡黄色的精斑刺眼，又像
卡夫卡的小说一样令人惊奇。
当我从离心机中甩出，落向
这个时代最荒凉的边缘，
坐着无人却呼啸的地铁
迅速抵达燃烧的中心。

2013—9—6

沉思录

根芽从大地上冒出：
纯净的嫩绿，透明的活力。
岁月和风雨让它蒙尘，
布满斑痕和泥点。
我相信人生来是善的，
并非植物世界才有正义。
只要脚不踩在法典上。
事实是，猪笼早已从看守所消失，
镣铐也只在黑暗的库房发亮。
秋天阴冷，为什么早晨还要盖满
白霜？罪缘于冲动，贪婪，疯狂，
还是最初的好奇心沦陷？
或者因巨大的沟壑阻挡了路径
而愤怒？苦难并非命中注定，
现实必须接受和面对：
一个和我抵足而眠的犯人，
因为防卫过当（据他说）而杀人，
逃亡六年，不想再在爱情里
“潜伏”，为了一个合法的身份
为了出生的女儿，回来自首，
最终领受了无期的罪罚。
除了法，谁能知道砝码公正？
他慢慢走向另一道铁门，
镣铐忽然撞击铁栅，
发出一阵猛烈的哐啷声。

2013—9—7

与一位检察官的“劫后”重逢

正午的太阳照耀着小农庄。
户外的餐桌毗邻一片斜坡。
十月果树和杂木落光了树叶。
一道洁白的木栅，温暖，悦目。

笑声和椅子相互碰撞。
经历漫长的黑夜，耳朵
比眼睛更敏锐：碰杯的咚咚声
显然比悲伤要意味深沉。

他从制服里过来，迟到的脖子仰起，
三杯罚酒咕咚咕咚。喉结滚动。
机器上的齿轮滚动。
它比齿轮更来回自如。

我们各自去过了对方的后院，
各自关着门，窗户一直洞开。
我看见了他的牙齿，他也听见了我
口水停留在喉头一刻的寂静。

他和我曾经隔着铁栅，有一场
惊心动魄的战争。现在他舌头柔软，
目光谦逊。干杯。干杯。米酒含着
人性的甜，淌过了虚无的陡坡。

2011—2—8
2013—9—7 修改

礼物

我可能不会再去那个地方:罗城。
在那里,我已获赠神秘的礼物。
看不见的礼物,通过了最后一道铁门的
检查。它包藏着爱——从来没有
那样鲜明,像爱人罩在我头上的红布,
那样热烈,像我跨过的一盆炭火,
那样深沉,像从小车出来、忍着哽咽的兄弟。

天河的古榕。剑江的凤尾竹。
金城江广场:民歌里摇曳的扇子。
我获赠了这些平淡之美,它们和悲剧之崇高
互相映衬。我也获赠了时间:空去的时间
得到了双倍的回馈:每一天的滋味
像贫乏年代的小鱼仔一样鲜美。

获赠了知识。这是绝望的教育。
宽阔的视野并不是来自峰顶。
呼吸起伏的低地,上空一轮深夜的明月。
命运无常只是永恒不变之下变化一种。
不再疼痛,感官的丰富性像彩色的文身。
由于正义和怜悯,钝化的心获赠了敏感
像一名死刑犯离去时透过铁栅的最后一瞥。

还有语言:这些清洗得锃亮的碗盏
静待过去的客人,或未来的使者。

2013—9—8

第四辑　长寿碑

长寿碑

——岱县申报全国长寿乡采访侧记

序曲

养生莫若寡欲
寡欲莫若无我
太上养神
其次养形
形神俱养
不仙也寿
养生以寡欲为本
心中无事即长生
自静其心延寿命
无求于物长精神
口中言少
心头事少
肚里食少
脑中欲少
体内渣少
有此五少，神仙可了
天下本无事
庸人自扰之
人想到死去一物无有
万念自然撇脱

——引自岱县长寿文化资料汇编《长寿歌》

第一章 缘起

1

一片沼泽地。远离城郊,水光闪烁。
水生植物繁茂,开花。
一片繁荣的寂静。
白云巨大的影子掠过。
像复印机盖板下一道激光扫描。
天地之阔缩为一道细缝
机器嗡鸣如喘息。
而此刻的白云不是昨天的白云。
昨天的沼泽还是今天的沼泽。
燕子掠翔。草木在四季轮回,以简朴之美
装饰着出生和死亡。
人类对时间终归有一种恐惧,
只是深藏潜意识的沼泥
不到时候,不会化为舌尖的呼喊。
与恐惧相邻,是对永生的渴望
犹如沼泽的闪光。
所有的渴望表现为不同的现象:
比如孩子跑向玩具,女人流连于衣模的着装。
比如长寿乡之于岱县。一次重新命名
会切近怎样的边界和深渊?
夏夜的池塘高高跃起一条鱼。
月光下鳞光闪闪。晦暗中,音响清晰。
伟大的命名者,看见了意义并没有获得形式。
意义并非自动生成——

他靠在皮椅上，想象着果园
椪柑涨了身价，像默默无闻者一夜成名。
油菜、茶仔、西瓜，纷纷贴上标签，
上了货柜码头。
寂静的石板小径：小旗帜和旅行团
普通话和外国语，小卖部和新客栈
形成新语境。木窗下，凭依美人靠①
远眺锦江。波光和涟漪在镜头里
向世界各地传递。

古老地域的新命名启动仪式。
三把火，照亮三个字。
词语诞生，无数事物开始凝聚。
一切的行动以它为中心。
仿佛筑了水库大坝，就有了书写
“农业学大寨”的斜面。
如同荒野一树桃花开放
迎来了蜜蜂的络绎不绝，嗡嗡嘤嘤。
悬崖兀立。一只鹰的影子掠过峡谷。
沼泽，只是作为长寿乡
风景册的一页而存在。

2

我不能猜度一座庄严大厦的内心。
宁静的树木。三两声鸟鸣。
第一会议室的热烈。我也相信那里的焦距
不是对准死，而是瞄向生：

---

①　美人靠，即沙发，大约因苗族人家的木制沙发靠背有柔美的曲线而得名。

“天下本无事，庸人自扰之”
自然不能作为当代的行动哲学。
皮椅转动。办公台上两面红旗在静寂中
飘动。窗外辽阔的春天正端上
巨大的蛋糕。翡翠的盘子。青螺的塔。
岱县每一座山中的流水开始催动
一个统计图表的柱子。
上升，像升旗，在风中发出猎猎声
在万人礼堂激起掌声。
一条红毯铺通主席台和乡村，
他坐正中，向“子民”发言，
向漫山遍野的椪柑抒情，向锦江挥手：
河边的孩子挥手，打水漂。
可迟迟不见瓦片飞翔，
不见江面上凌波微步的景观。

3

长寿乡。一个日益闪亮的词。
铺天盖地的词。
不是静寂的凝聚，而是积极的行动。
每立方米空气
必须达到八万个负氧离子。
百岁老人的百分比
要作为一条黄金比例柱子。
新建的砖厂要迁走。
上游的造纸厂须关闭。
长寿文化的资料必须尽快着手收集、编撰、出版。
没有条件要创造条件。
没有关联就发挥想象。

一年不行做五年计划。
——他的声音通过麦克风放大
深入岱县每一只鸟雀的耳朵。

月上东山,鸟雀匿迹,他忘了开灯
在那座巨大的政府大楼的心脏
背着手,来回倒步。

4

在这古老的小城
我没有熟人。媒体提供的名字
地图标出的路径,领我一步一步
接近它的中心。
今天他患了重感冒。
邻县和邻省正在为古夜郎国之名
吵得天翻地动。
在北方,西门庆和潘金莲的故里
据说正准备斥巨资打造一个淫荡的遗址。
未来的长寿乡,健康,干净,
不会有人患感冒。
早晨,大雾笼罩着城关镇。
锦江仿佛一道分界线:分开
城中村和开发区,过去和未来。
晨跑者按照自己的路线奔跑。
一群老太太自我转圈,
听从地上的小收录机的干瘪节奏。
空气飘着橘树的花香。
太阳照耀匆匆往来的人们。

"道路坎坷，人来人往。去者登坡，来者下坡。"①
一台织机，梭子来回窜响，将我
织进巨大的陌生。
半坡的树丛露出医院的坡顶：金色琉璃瓦闪闪发光。
传染科的走廊站满了病人。
医生还没来，墙上的挂钩
挂着几件空空的白大褂。

① 引自墨西哥作家胡安·鲁尔福小说《佩罗蒙·巴拉莫》。

第二章　命名

1

工作组离去以后,从那个词的根部
我向她靠近。
一件雕塑,一个标本,或一块活的长寿碑?
我不敢打扰一把竹椅的春睡。
枝叶间椪柑花骨朵洁白。
蜜蜂频繁穿梭。
阳光穿过树枝,照着一张沟壑纵横的脸。
无声的描述。微缩的梯田。
春风翻越岱县的山坳。
背脊露出山峦,胸前却一片平畴:
百年岁月吸干了她的乳液。
没有欲念的宁静
像一件布衣裹着身子:
掉光了叶子的枯枝
并未放弃大地深处的泵。
如何才能倾听深处的水声?
一如既往,小鸟在女贞子的冠盖里
鸣叫。没有谁细数过它们。
始终是一个未知的群体。
声音、飞翔和树枝的战栗
一个世纪以来,充盈着她日趋寂静的寂静。
河床。煤窑。无人翻阅的档案。
锦江的波光、码头和挖沙船。
她的时间简史的部分册页。

苜蓿地像一部传记的背景描述。
桃梨开放，先后作为插图。

2

数据的收集。资料的整理。
档案的重构。
大规模的行动惊动了鸟群。
工作人员翻山越岭
深入她的寂静。
访问她不断被死亡访问的脸，
她的微澜。
出生年月、名字，卑微的血统
进入政府工作会议纪要和红头文件
进入镜头
进入一个庞大的命名系统。
像一个一炮而红的歌手，
日常生活得到指导，皱纹
被镜头修饰。生活的封面冠以微笑。
户籍档案抖落了厚厚的尘土。
年轻的档案员打开它
像在砂堆里发现了金子。
附近蝴蝶改变了飞行的路径。
向鸡群撒食的姿势
被迅疾终止。
叹息，被密集的脚步淹没。

3

在统计学的水银柱飙升和一片枯叶的下坠之间

她陷入一个悖论。
池沼平静,四季更替,每天
她都在接近空无。
一个孩子不时跑过来
把她从一个称谓里叫醒。
姓氏隐去已久。
风吹拂着尘埃。
婆娘。娘。奶奶。外婆。姑婆。祖奶奶。
表姑奶奶。曾祖奶奶。曾祖外婆
大堆身份埋着一张鲜美的脸,
时间的深处,一条回廊蜿蜒,
溪水潺潺,蝶飞草长。
黄牛在不远的坡上缓缓抬头,一声长哞。
黄昏的天空盘旋着老鹰
仿佛一片静止的云,转眼猛然扎下。
草坪上,一片咯咯声
翅膀扬起灰尘——突然的喧乱犹如
一个姑娘出嫁或一个老人出殡,
村庄失去了平衡。

厚厚的尘土埋着那么多脸。
不被觉察的掩埋。
查档案。翻动一页
如同挖开坟头一锹土。
惊醒的尘土。斜穿木窗的光。
光柱里跃过
辛亥革命的马队:刺刀在牌楼前闪烁着寒光。
惊动傍晚鸡群的、土匪的鼠脸。
饿倒在大食堂下院的伢子。
斗牛场枪决的反革命分子:歪着脖子。

一些“牛鬼蛇神”：至今在尘土里
没有重新命名。
尘土。尘土。

4

依照万物既定的秩序，
她活着。长久的孤寂。一盏灯的火焰
微弱了。枯萎里再难辨认
一朵花的前世，青春的容颜。
石阶上青苔蔓生。
不断传来的讣告推动着脚
反复丈量老屋与坟山的距离。
麦秆枯黄，豆萁燃烧。
十月鳞火在山林闪烁。
政府补贴并没有带给这位百岁老人
欣喜：她不渴望长寿，
而渴望死——
共和四十一年，大女儿过世
数年的悲痛如同湿炭封着灶火。
越明年，小孙儿夭折于锦江之春。
她捶打苜蓿：嫩茎的汁液
染绿了双手。死于异乡流水线上的玄孙
缺席两个春节终于让她
不再相信“谎言”。
她陷入恐惧：对生，而不是死。
八十七岁那年例假重来，
那红，她羞于启齿。
共和五十六年春，另一个玄孙进入重症抢救室
“每立方米八万个负氧离子”不能战胜

肺部高地癌细胞一个连。
她在神龛前祷告：
先祖啊，保佑孩子；阎王啊，让我
把孩子从那阎王账上替回吧。

第三章 虚构

1

诗是最高的虚构。
这是另一种。
这是集体的智慧,不是个人的创造:
1.43%的指标,如此多百岁老人。
不能制造,唯有虚构。
一年不成,五年计划。
75 岁改成 95 岁,5 年后便是百岁。
75 岁的老汉老奶,落生于民国
改了档案,谁来查
不是一桩桩无头悬案?
20 年差一代人?不难。让母亲变成奶奶
把父亲改为爷爷。
改一个称谓给一份补贴,
你龙马壮还唧唧歪歪什么。
龙马壮沉默了。让死去的父亲变成爷爷?
龙四娘也摆手:
她死后要和丈夫合葬。

惊蛰过后,转眼是清明。
桃花化为泥泞。木槿枯瘦的枝梢
缠满了绿色的花带。
龙马壮点头,让他们
给自己虚构一个爹。
虚构的爹:多出来的爹

在户籍登记表一栏耸立。
一道拦河坝，改变了既定的秩序：
平缓的清流忽然被抬高
一泻而下，平静失去了体重。
河滩白鹭远远飞去。
浅水地带的乱枝和莲梗消失，红蜻蜓
失去停机坪。
喧哗：不是一架直升机轰鸣，是一个人
日夜与他争吵：不是妻子，不是孩子。
夜市摊上三疤子掀翻桌子，对着他吼叫
和这个没有关系。
是另一个他
长期冬眠忽然惊醒——内部的喧哗：
煤气灶上锅里
一锅泥鳅从锅盖边沿透出的喧哗。

2

像一栋高楼的转换层，没有门窗，边界。
冬青油亮。鹅卵石小径通幽。
不是他可以停驻的场所：
几张藤椅、玻璃桌，外加木架：
葡萄藤正慢慢爬满。
绿叶间漏出鸟鸣。一对年轻的情侣靠墙
径直攀援，嘴摸索着嘴。
那嗞嗞声，仿佛眼睛长了偷肿①。
他转过身，往另一个方向
走到护栏边沿。

---

① 偷肿，眼睛发炎长出的疮包。民间传称因偷看了异性下体，故有此名。

没有什么能止住喧哗。
那嗞嗞声更猛烈地扑来。
何处可以遁身？浑身
芒刺，头顶长角，出生地一夜之间
布满泥浆、蒺藜和荆棘
异样的眼神，嘲笑。他仿佛
置身一个陌生的国度。
一座楼宇的腋窝挟着落日。
一个篮球运动员叉腰喘息。
他没有滞留之地。
晚眺也不属于他的眼睛。
转身离去，迎面是
桂花树上一粒湿热的鸟屎。

3

一个虚构的爹。他的每一次倚靠
靠向了虚空。
不是一个孩子的恶作剧——
当屁股缓缓落下，忽然跌倒地上，椅子
被含笑的人悄悄抽走。
不是一场躲猫猫的游戏：从柜门边露一下脸
却留给他
一个空空的柜子：一件褪色的对襟衬衣
也会带来意外的惊喜。
不是梦境：白纸黑字的名字，
滴水不漏的档案：虚构的爹，被记载
死于三年自然灾害，正是
他少不更事之年，不懂得悲痛，
还没有建立

每天尸体的赤裸带来阴冷黄昏的记忆。
反复背诵能建立
有关“他”生平事迹的记忆？

4

尝新或中元。
热腾腾的三牲冒着热气。
他端着茶盘往堂屋走，一路想
敬奉爹，还是爷爷。
诚请奉请，有历代先祖……
菩萨威严列于神龛。
天灵盖上响起雷声。
天空青蓝，田野无边，地平线起伏，
一道伤口闪亮。
鞭炮噼啪。孩子们捂着耳朵。
语言断裂处，长久的空洞冷寂。
燕语的呢喃。
门口对着过路人狂吠的狗。
他狠狠地踩了几脚：发灾的畜生。
骂狗，又像骂自己。
节日的快乐渐渐远离。他的烦
像腌制的酸
透出了忧伤的气味。

5

倚着家门，回不了故乡。
秋天的小路。干枯的草丛挂着蛇蜕。
蜥蜴在野蔷薇的根部出没。

朽坏的蒸笼
不能再容纳嗞嗞作响的油绿：
吃蜥蜴的三婆不在了。她住过的老屋，
歪斜的木窗犹如一只失明的眼睛。
谷箩里，一头是红薯，一头是他，扁担吱吱叫的肩膀上
长出另一张面孔：像蛇蜕？啊——
一个空洞符号，一个没有实体对应的词语。
词语的空洞
会带来了什么？
傍晚，巨蟒的声音缭绕在广大的空中
在山顶，在田边，
在池塘旁的杨树梢——没有谁见过这幻觉制造者。
鹌鹑从土沟成群结队慷慨赴死
也只是传说。
那么是虚无的回声？

第四章　立碑

1

龙四娘死了。墓碑却一直悬置。
她进入了档案，不可更改。
她作为统计图标下降的那部分虚无
仍维护着“历史”的“实存”。
龙马壮再不肯当“孙子”
要在墓碑上恢复“儿子”的名分。
无数双手伸过来。
以一块长寿碑取代，以双倍的补贴交换。
反复的说辞。威胁。诱惑。

坟头长出了青草。三月
大地如同水墨。
映山红和栀子相继开放：白和红。
人间的悲和喜。
墓碑悬置。尸骨冷去，灵魂
却越来越频繁地访问：母亲
不断出入客厅和卧房、后院和前庭
梦境和现实。
入土为安。他惴惴不安：必须还给虚无的母亲
一个真实的身份。
一年了，燕子从南方归来，裁剪
春风的锦衣。干枯的犁沟
涨满粼粼春水：白云摇曳、卷曲
如同母亲的手绢。

2

长寿碑。寿桃形状。
享年过九十,石碑立到一米九。
过百岁,碑过两米,顶塑南极仙翁。
精湛的想象,肃穆的意境。
可无论怎样当孙子,龙马壮再不愿
当墓碑上的孙子。
临近年关,他脱下安全帽,站在老板台前。
深陷皮椅的老板眯缝着眼,摇晃。
他止不住摇晃,是孙子。
愿当孙子。
孩子急病,在急诊室的墙角歪着头喘息,
来往穿梭的人流
撞击着他的焦灼,痛
从贫困的口袋涌出来——
他愿意当孙子。
无后的叔父停棺中堂
听凭"每立方米七万个负氧离子"攻击,
门外抬棺的价格再三不能敲定,
时钟咔嚓,他跪下,
愿意当孙子。
可墓碑上的孙子他再不能当他说。
他甩门而去,像一只直窜天空的风筝,
又终被一根线掌控着:
慢慢被驯服,滑翔,猛的
栽向大地。

3

儿子不是孙子的上级
母亲不是奶奶的下线
不是梁山伯排座次
也不是主席台论高低
这是源流的问题，源流不能混淆
不是南水北调：时空
不能倒流，血脉不能改变
——逻辑学的演绎
不是他能完成。他猛然一拳砸在桌上。
一块墓碑上的空白。
一个必争的席位。
神圣之物，不可丢弃。
祖传的宝贝，不能典当。

4

大路上，语言的辖区来了不穿制服的警察。
几只鸡让开一片砾石：灰尘满脸的石匠
眨动着睫毛。
切割机吱吱叫。雕刻机却在
等待驱动——
等待一个词、一个称谓
被一个手势 Enter。
但它被悬置，被一滴泪水裹着，被无形的力量控制在
一间无名小屋。
仿佛一个无端接受强制措施的人
愤愤不平，为他的冤屈。

疾走田野,为他的自由。
以血液为证词,以眼泪
辩护。只为
一块悬空的墓碑落地、生根。

5

墓碑的沉重
重过了悲痛。清明前
雨水淅沥,带来了泥泞。
瓦檐开满白花——不断的开放和凋谢——
汇成激流
从檐沟一泻而下。
石头上的水雾。他的漂浮。
独坐的飞翔。行走的空白。躺下的悬置。
柴火在炉膛熊熊燃烧。
青烟穿过瓦缝。
他喘息,却不能发声。
他对着亲人吼叫,却不知无名火
从何而来。
他把杯子摔碎在地:一地碎片
再不能随物赋形。

谁也不能占领墓碑上那片小小的空白他说
谁也不能碰这个词
这个古老的词:不孝子。

第五章　秩序

1

母亲逝去
明月朗照
清风吹拂
秩序降临
墓碑竖立，划定了界限。那是
另一个世界的入口。不是车站
可以反复重建。
不是灵堂，搭好了转背拆去。
不是推掉的山坡，隔年又堆成假山。
满山的树木砍光了，它露出，突兀而孤单。
春天发芽，枝繁叶茂。被遮蔽
像一个隐士住在茅草丛。
茅草枯萎了，它依然清新。
大雪降临，世界白茫茫一片，它撑起
白的头顶和皑皑大地之间
那一点黑，
此时黑之美，胜于红。

2

风翻山越岭，翻江倒海。
我们翻越围墙、乳房、栅栏和宫殿的雄伟
龙椅的威严，但不能
翻越墓碑。

人生反复修改:离婚,再婚,升官,丢官,不断地
搬迁住所,改变生活
或悲,或喜
唯墓志铭不能修改。
改了它的尺寸、材质——
青石换成大理石
手工开凿改为电脑雕刻
楷体改为宋体——
不能修改母亲的称谓:“显妣”
不能更改立碑人最后的身份:“不孝子”——
无论此前他是县长龙马壮还是销售经理龙马壮
是总承包商还是农民工。

3

一个基准点。
一枚红漆斑驳的铁钉
沥青路沙粒中的隐居者
在大转盘,在中央广场的附近
几近于无:汽车的前灯永远不能照见它,
媒体不会去放大它,
工作组——曾冠以“四清”、“文革”
现在获得新的冠词——也不会去调查它,
伟大的命名者,不屑为
如此琐屑的事物命名。

但总有人
一步不差找出它,从它出发
经过经纬仪,为每一座新建的房屋立心,
为一个城市的秩序谋略。

而命名一种新秩序，
一道光照亮一个点，
附近陷入更深的黑暗。
尘埃显身，雪花飞舞，
白茫茫世界一点黑。
草蛇灰线或痕迹全无。

龙马壮又出去打工了——一个虚构的名字
一个真实的人，从五楼的脚手架跌下
本能地喊“娘——”
尽管娘已经死去。
亡命天涯的罪犯在世界的围墙外
舍弃了一切
他不能割舍的
不过一块墓碑：当他跪下，远远的草丛响动
警察来临，他
不再逃奔。

4

星空辽阔
万物模糊
墓地寂静
铭文清晰
简短的文字，漫长的一生
一本只有封面的书。
只有人物、名称，略去了内容。
一页页空白，在龙马壮的显影水里显现
在记忆的音箱中
嗡嗡颤动。

一本后知后觉的书，在怀念中获得
羊皮的封面，永恒的书套。
它的显影
不是间谍使用了特殊药水
不是隐含着电报摩斯码
血液的密码，简单而神秘，
人人可以破解，只是不到时候。
星空辽阔
万物模糊
墓地寂静
铭文清晰
尘世的喧嚣。墓碑的寂静
像航行在宇宙的海洋中的地球
这艘巨轮的压舱石。

第六章　返乡

1

清明雨前，锣鼓惊跑的麻雀
回到屋檐下。
繁茂的地瓜藤。清脆的啾啾。
热闹，总有冷寂时
不知繁华之短暂易逝
如何会细察草地的碎红、嘴唇的焦黑。
绿皮车厢在原野上哐当哐当。
高铁呼啸。从来没有谁错过地址。
大地上的流浪者，背倚行囊。
你记着你上半夜的柳州。
我记着我天明时分的长沙。

“长寿乡”赫然镶金于牌匾之上。
每日之“新”淹没昨日之“旧”。
“陌生”稀释“熟稔”。
像泉水，不是来自大地深处。
像检阅，不是白云扫描。
复印。复印。公鸡丢失了口音。
眼睛迷失于眼影。
水晶吊灯下，一样的香肩酒杯，
一样的曳地长裙和高贵冠冕。
身体里，一样的暗绿残夜。
市面上，“古老的梦”贴着时新的标签，
一样的椪柑，脐橙。

牌楼下不断有人恭身打听。
一滴雨找不到它的旧居。
锦江流失了源头万千倒影。
挖沙船噗噗噗,制造浑浊和泡沫。
泡沫之上,没有故乡。

2

泡沫碎裂。意义的结垢
加深杯盏的古老。
“永生的杯子,不断倒空又盛满”①,
雕龙附凤,它盛过
各个朝代的丹药。
皇宫深处,画栋雕梁,龙袍里曾经
伸出一张嘴。凑向它。又一张。
又一个皇帝暴毙。画廊上
脚步急切。掌事太监低低疾走
噗地一声跪下:报——
又一个“奉天承运,皇帝诏曰”。
时间流逝,朝代更迭,无论龙袍还是布衣
裹着一颗凡心。从来没有向“必死性”投降,
没有停止对丹药的迷恋:不管它蕴含千年绝崖的灵芝
还是紧邻砒霜的朱砂。

那厚厚的污垢
需要时间清洗,需要岱县的清风明月
充盈。众鸟喧哗,打破了寂静。
发出召唤,那对立的绝崖之回音壁

---

① 引自印度诗人泰戈尔《吉檀迦利》。

可有回音？

3

明月高悬。
墓碑寂静。
“我要和你爹合葬一处”回荡在
早晨的街巷，暮晚的小径。
一个词的漩涡里
无人听落叶的嘶叫，屋顶的垮塌声。
无人记取堂前旧燕，陌上新芽。
哦，被怒气冲冲的父亲扔在门外土坡上的孩子：
星空闪烁，奶奶已不在。
躺在年轻母亲的怀里咕咕吃奶的婴儿：
门廊寂静，小猫咪已不在。
胸脯胀动青笋的少女，马尾辫雀跃：
她如今头发凌乱，衣衫不整，体内一片狼藉。
阳光照耀瓦泥。
拉面般，发出一片噼啪声：
那旋转的瓦筒已不在。
月光下那么齐整的脚步，催动着
一声嗤，一声嗤——愉快的分娩：那土砖匣子已不在。
溽暑的蒲扇。星空的凉床。
阁楼上的腊鱼，八仙桌下的长明灯。
脚盆里的裸体和水声。
四野的蛙鸣和笑语。

山阴道上，一辆拖拉机拖着一个家
啪啪啪啪开向未来。
现在它返回，装着一具棺材

和噼噼啪啪的悲伤。

4

灵魂,大地上的异乡者
向一个地址返回,趟着
一片广大的形容词的沼泽。
清明堤上,停满了小轿车和白纸马。
人头拥挤,在薄雾中蠕动。
空气中闻得到栀子花香。
对岸隐隐可见亭子的尖顶、医院的坡屋面
和映山红开遍的山岗。
龙马壮挤开人群,看见了前面的母亲
一个声音:
"我要和你爹合葬一处"。
消失多年的命名者,
也从奢华的孤独现身泥沼。
冷清僵硬的皱纹。
更多失而复现的面孔。
失去鼻梁和身体的眼镜。
道路迷茫,人来人往。来者趟水,去者溺水。

沉沉泥沼抬高了海拔。
崖壁高耸寂寂无声。
孤独的岩鹰之影掠过沼泽——
不是扫描,不是复印。
一种旷古的悲伤之姿:盘旋如同
挽留。无人停留,
只有沼泽之镜留下匆匆的倒影:
熟知如电视人物,

又咫尺千里。吉列剃须刀刮去泡沫
还原了下巴的光鲜，
如何归还一张脸最初的表情？

明月高悬。
墓碑寂静。
墓碑上的空白、词语，
永恒的故土、国度。

尾声

古时，岱县石羊哨一带，春天刚长成的阳春总是被怪物在晚上糟蹋。一个苗家后生，决定查明真相。

一天晚上，全副武装的苗家后生守候在沙地边。深夜，他看到一只壮如牛犊的山羊在地里啃吃阳春。他按捺住一箭射死那畜生的冲动，静静地等候这只山羊的主人。吃饱了的山羊，把他领到了一座大宅院前，突然失去了踪影。后生很是着急，围着院墙找了一圈，也没见到山羊。正当他准备翻墙进入宅院，却见一位皓首老人笑眯眯地看着他："贵客来访，怎么不从大门进来？"

后生很是窘迫，结结巴巴地说明了来由。

"有这样的事？我得向家父母禀告。"老人延请后生到客堂用茶，转身进入后堂。

不一会，皓首老人陪着两位精神矍铄的老人来到客堂。两位老人见面就说："让客人久等了，请问贵客哪里人氏，深夜来访是为何事？"

后生赶紧委婉地提出了追羊到主人家索赔的想法。

后来的两位老人听了，面露难色："这样呀……那我得等与家严商量……贵客稍坐。"

两位老人转入后堂，原先那皓首老人在旁陪着后生。

后生禁不住问："老人家今年高寿？"

"虚度两甲子。"皓首老人笑答。

后生惊诧良久合不拢嘴，不敢再多言语，后悔不该深夜打搅老人们的清静。

突然，两位老人惊慌失措地赶了出来，对后生说："家严有事不能脱身，烦请贵客移步相见。"

后生随三位老人转入后堂，过了几道回廊，来到一处灯火通明的大堂，远远听到一阵阵严厉的呵斥声。大堂里，几十个年龄参差不一的学子静静地坐在放着课本的课桌旁，一位童颜鹤发的老人正把戒尺拍得啪啪响。后生看到那被训的学子也是满头白发。陪后生进去的三位老人，见到如此情形，赶紧急走几步跪倒在那被训的老人后头，聆听戒尺老人的训斥。后生懵在那里，只感到双腿发软，也想跪下去。这时，戒尺老人发话了：

“贵客不必惊慌，犬子不争气，让地方不宁，还请见谅。”

后生一时不知说什么好，戒尺老人又说：

“不知贵客可有赔偿细项？”

“没有，没有……只是我们的阳春没有多少收成，大家的辛劳白费，心里不太舒服，想找山羊主人……”

“哦，是这样……那我送你一眼盐泉吧。”戒尺老人随手用戒尺往后生寨子方向一点。

“这盐泉有什么妙用？”后生好奇地问。

“此泉四季温热，洗衣服不用皂角之类。长期洗浴，可祛病强体，延年益寿。”

后生虽然怀疑，而且并不知道“盐泉”为何物，但依然连连点头。

皓首老人送后生出门，后生并不见戒尺老人许诺的“盐泉”，又不好意思问，便问刚才训斥和受训的老人是谁。皓首老人谦恭地回答：“是家曾祖和祖父。”

后生骇然而归，同寨人争相见告寨子旁无故喷出一股热泉，水咸不能饮。后生更惊异不已，便转告了戒尺老人的话。从此临近山民因盐泉受益。

——引自岱县长寿文化资料汇编《仙人泉》

2012—12—28 初稿于廉桥

2013—6—3 修改于凤凰

2013—9—9 再改于长沙

2013—10—1 改定于北京

图书在版编目(CIP)数据

长寿碑:草树诗集 / 草树著.
--上海:华东师范大学出版社,2014.8
ISBN 978-7-5675-2020-2

Ⅰ.①长… Ⅱ.①草… Ⅲ.①诗集—中国—当代 Ⅳ.①I227

中国版本图书馆CIP数据核字(2014)第078527号

华东师范大学出版社六点分社
企划人 倪为国

长寿碑:草树诗集

著　　者　草　树
责任编辑　古　冈
封面设计　蒋　浩

出版发行　华东师范大学出版社
社　　址　上海市中山北路3663号　邮编　200062
网　　址　www.ecnupress.com.cn
电　　话　021-60821666　行政传真　021-62572105
客服电话　021-62865537
门市(邮购)电话　021-62869887
地　　址　上海市中山北路3663号华东师范大学校内先锋路口
网　　店　http://hdsdcbs.tmall.com

印 刷 者　上海景条印刷有限公司
开　　本　890×1240　1/32
插　　页　4
印　　张　6.75
字　　数　130千字
版　　次　2014年8月第1版
印　　次　2014年8月第1次
书　　号　ISBN 978-7-5675-2020-2/I·1160
定　　价　29.80元

出 版 人　王　焰

(如发现本版图书有印订质量问题,请寄回本社客服中心调换或电话021-62865537联系)